그렇게 남들 기준에 맞추며
살지 않아도 돼

유미경 에세이

목차

타인의 시선 대신 나다운 나

내조의 여왕 대신 나다운 아내

좋은 엄마 대신 나다운 엄마

착한 딸 대신 나다운 딸

그래서 지금 여기

때려치우다
가장 나답게 살기 위해

살아오면서 내가 해온 일 중 가장 뿌듯한 일이 무엇인지 생각해보니 두 가지로 정리된다. 비가 오나, 눈이 오나, 몸이 아프나 쉬지 않고 맥주를 마셔온 것과 기회만 있으면 때려치워 버린 내 모든 것을 글로 담아낸 것. 과거의 나는 누가 시킨 것도 아닌데 남들이 해오는 일들을 자연스레 따라하면서 살아왔다. 대학에 가고, 취업을 하고, 결혼을 하고, 아이를 갖고, 가정을 꾸렸다. 평범해 보이는 일상을 살은 듯싶지만, 그 사이사이 평범하지 않은 일들도 뒷구멍으로 열심히도 해왔다. 뒷구멍으로 해왔던 일들이 얼마나 되는지 하나, 둘 끄집어내서 글로 쓰다 보니 오, 이런. 난 평범하기보다는 꽤 범상 치 않은 삶을 살아왔음을 자인해야 했다.

'당연히'라는 단어에 의문점이 들 때가 많았다. 당연히 해 왔던 것들이기에 나 역시 당연히 하며 살아야 했던 모든 일 에 의문이 들었고 그 결과, 당연하지 않다고 해도 내가 하고 싶은 선택들을 해왔다. 그의 고백을 기다릴 수 없어 도망가 려던 남편을 자빠트려 결국 그에게 사랑 고백을 먼저 했고, 결혼식 대신 회식을 선택해 음주 가무를 지인들과 함께 즐겼 다. 평생 고기 아니면 죽음을 달라며 잠들면서도 곱창을 질 겅질겅 씹어 먹으며 살아왔던 식성 또한 비건 책 한 권을 접 한 후 참회하는 마음으로 채식주의 선언을 했다. 아이를 위 하는 길인 줄 알고 동네 엄마 말만 듣고 해왔던 모든 사교육 도 이건 아닌 생각이 들자마자 몽땅 끊어버렸다. 더불어 나와 맞지 않다고 생각하면서도 아이 친구 엄마라는 이유만 으로 입에 경련을 일으키며 만나 왔던 가식적인 만남 역시 내겐 의미가 없단 생각에 후련하게 때려치웠다. 때려치우자 길이 보였고 숨통이 트였다.

차곡차곡 책을 읽어왔다. 그 책들이 내 안에 쌓여 어느 순간 내게 변화를 요구했다. 진정 네가 원하는 삶이 맞느냐고. 무엇을 위해 살고 있느냐고. 부를 좇는 삶이라면 그 끝은 어디이고 권력을 좇는 삶이라면 그 역시 그 끝은 어디냐고. 나는 가족과 책과 술과 고양이만 있으면 되는데 부를 좇을수록 진정 소중한 것들은 뒤로 밀린 채 부의 수단만 앞장을 서고 있었다. 난 부에 끌려가는 삶이 아닌 나만의 부를 찾아가기로 했다. 자본주의적 삶에 빠져 영혼과 뼈까지 갈아 넣어 산 신도시 아파트가 어깨를 짓누르고 있었지만 당연하게 집을 위해 모든 걸 맞춰서 살고 있었다. 누가 시킨 것도 아닌데 남들도 그러하니 나 역시 그렇게 살고 있었다. 그래서 결국 시원하게 팔아치웠다. 예쁜 집은 내 발목만 잡고 있었을 뿐 영원히 내 것일 수도, 내가 집이 될 수도 없었다. 일에 찌들어 가족끼리 저녁 한번 먹을 시간이 없던 남편 역시 긴 상의 끝에 15년을 근무한 회사를 과감히 때려치웠다. 이것저것 쥐고 살던 모든 걸 때려치운 후 우리 가족은 제주로 내려왔다. 남편은 이렇게 때려치워 대다간 내가 제주 어디 뒷산에 가서 부처님께 염불을 드리며 나무뿌리나 캐 먹으면서 사는 건 아닐지 걱정했지만, 술 없인 살 수 없는 인생이기에 거기까진 기대에 미치지 못했다.

지금 우리는 제주 어느 한적한 곳에 위치한 작은 주택에 연세(1년 치 월세를 한꺼번에 내는 것으로, 제주도만의 독특한 주택 임대차계약)로 살고 있다. 내 이름으로 된 집은 아니지만 이곳에 사는 한 여기에서 보고 느끼는 건 모두 우리의 것이다. 창문 밖으로 보이는 웅장한 한라산도, 들판을 뛰어다니고 있는 근육 빵빵한 말들도, 하늘을 날아다니는 수많은 종달새와 까치들도 매일 아침 우리를 반겨준다. 제주의 모든 자연풍경은 내가 이곳에 머무는 한 오롯이 내 것이다. 누군가의 눈에는 지금의 삶이 가진 것 하나 없는 삶이라 할 수도 있겠지만 반대로 난 지금 가진 게 가장 많은 삶을 살고 있다. 나다운 삶을 찾기 위해 노력했고 지금 가장 나답게 살고 있다. 그 모든 과정을 이 책에 담아냈다. 유쾌하지만 가볍지 않고 눈물 나지만 슬프지 않다. 누군가 호기심 가득 책을 열고, 깔깔거리며 책을 읽고, 미소 지으며 책을 닫을 수 있기를. 삶의 진정한 가치에 대해서 고민하는 이에게 마음을 담아 이 책을 보낸다.

타인의 시선 대신 나다운 나

학벌콤플렉스
나 글 쓰는 여자야

나는 전문대 시각디자인과를 나왔다. 대기업에서 전문대 출신은 서류전형조차 통과되지 않던 때, 천운인지 특채로 입사하게 되었다. 회사에는 명문대 나온 사람들로 가득했고 그들이 해온 노력의 시간만큼 특유의 우월감과 (그들만의) 공동체 의식이 있었다. 그 시절 사내에서 만난 남자친구도 전형적인 강남 출신으로 일류대를 나온 사람이었다. 그는 옥동자를 닮은 외모를 가졌으나 스스로에 대한 자존감이 높은 사람이었다. 어느날, 그는 왜인지 본인친구들에게 나를 소개해 주고 싶다며 내게 의사를 물었고, 나는 신나고 재미나겠다며 흔쾌히 응했다. 회사 근처인 종로에서 당연히 볼 줄 알았건만 나는 어느새 압구정동 어느 와인바에 앉아있었다. 나는 그가 제일 좋아하는 브랜드의 옷을 차려입고 옷깃에는 회사 배지까지 찔러놓았다. 고작 25살의 난 압구정동 고급 와인바는 가본 적도 없었기에 그 분위기도, 함께하는 사람들도 모든 게 어색했다. 건들면 깨질 것만 같은 와인 잔을 남친 무리는 어찌나 빙글빙글 돌려대던지. 보고만 있어도 최면에 걸리는 것 같았다. 대화의 얘기는 주로 학교, 유학, 회사 얘기가 대부분이었다.

"이 자식 그때 학과에서 얼굴이며 학점이며 인기가 정말 대단했어."

"넌 언제 들어온 거야? 유학 생활 너무 즐기는 거 아니야?"

"우리 기업은 비전이란 게 없어. 경력이나 좀 쌓을 겸 다녀주다가 내 사업 시작해야지."

그들의 대화 속 모든 단어에서 그들 자신에 대한 자부심이 엄청나게 뿜어져 나왔다. 나는 그 어떤 주제에도 끼어들 수 없었다. 그게 신경이 쓰였는지 와인 잔을 가장 잘 돌리던 한 놈이 내게 말을 걸었다.

"참, 형수님(내가 왜 네 형수니?) 전공이 뭐라고 하셨죠?"

"저, 시각디자인과요."

"아! 시각디자인과! 저희 누나는 홍대에서 조소 전공인데 형수님은 시각디자인과라니 여기서 누나 동문을 다 만나네요."

그는 끊임없이 홍대에 다니는 누나 얘기를 시작했고 난 이미 홍대 졸업생이 되어있었다. 그 옆 내 남친이란 놈도 정정하기는커녕 함께 열을 올리며 말을 이어갔다. 그들의 대화는 날 초라하게 만들었고 내 몸은 점점 쪼그라들었다. 사방에서 빙글 대던 와인 잔도 내 속을 울렁거리게 만들었다. 난 결국 입을 뗐다.

"전 홍대에는 술만 마시러 가봤지, 홍익 대학교 안엔 들어가 본 적도 없어요. 전 **전문대 시각디자인과를 졸업했는데 혹시 들어나 보셨을까요?"

남친과 그의 친구들은 당황했고 나 또한 말을 마치니 얼굴이 벌게져 있었다. 자신 있게 말은 했지만 이미 난 주눅이 들었다. 그들과 나는 같은 무리가 될 수 없음을 서로 느꼈다. 모임은 서둘러 마무리되었고 내 속은 울분과 속상함과 창피

함으로 일렁거리고 있었다. 종로로 달려와 친구와 소맥을 말아 마시며 왜 내 자존감이 바닥을 쳐야 하느냐며 울분을 터트렸지만 학벌콤플렉스는 전혀 해소되지 못했다. 그들이 잘못한 것도, 내가 잘못한 것도 없었다. 회사생활을 하면서도 학벌에 대한 은근한 차별은 언제나 느꼈고 오늘 그 정점을 찍은 것일 뿐이라 생각했다. 회사를 벗어나게 된다면 학벌콤플렉스는 날 쫓아다니지 못할 것이라 생각했다. 그러나 그건 내 착각이었다.

학벌콤플렉스의 정점은 따로 있었다. 육아가 시작된 후 엄마들의 모임을 하면서였다. 처음 만나는 자리에서 서로의 전공을 당연하다는 듯이 물어보는 경우가 다반사였다. 대학을 나온 이가 있다면, 나오지 않은 이도 있을 텐데. 고졸이나 전문대생 엄마들은 세상에 없는 것처럼 말이 없었고 존재를 느낄 수 없었다. 학벌이 무엇이길래 아이를 키우는 과정에서도 그 영향력을 느껴야 하는 걸까. 엄마의 부족한 학력 때문에 내 아이까지 저평가를 받는 것만 같았다. 학벌 콤플렉스를 없애고 싶었다. 나도 모르게 움츠러드는 학교 얘기에서 당당해지고 싶었다. 그래서 난 육아와 공부를 병행할 수 있는 학점은행제와 사이버대학교를 여러 군데 알아보았고 이곳을 통해 4년제 학위를 따기로 결심했다. 육아 후 블로그를 하면서 책과 글쓰기에 관심이 많았던 난 전공도 바꿔 사이버대학 문예창작과에 입학했고 2년 후 성적 장학생으로 졸업을 하게 되었다. 그렇게 4년제 학위를 따자 어느 정도 만족감은 올라왔으나 시간이 지날수록 사이버대학 졸업만으론 뭔가 부족하다는 생각이 들었다. 나는 어디 대학 출신이라는 타이틀이 필요했다. 결국, 다시 대학원 준비를 했다. 힘들었지만 마지막으로 힘을 내 달려보자는 마음으로 대학원 준비를 했고 J대 국문학과에 결국 합격했다. 이제 대학원을 다니기만 하면 되는 것이다. 또다시 2년을 조용히 공부하면 마침내 대학 타이틀이 생기는 여자가 되는 것이다. 또다시 2년. 순간 숨이 막혀왔다. 나는 무엇 때문에 학벌에 이렇게까지 욕심을 내는 것일까. 내가 만들어내고 내가 부풀려온 콤플렉스 하나를 없애기 위해 육아도 뒷전으로 미룬 채 엄청난 학비까지 들이며 대학원을 다녀야 할 이유가 지금 정말 있는 것일까. 돌아보니 난 아직도 25살, 그때 그 와인바에 얼굴이 벌게진 채 앉아 있었다. 누가 들어도 알만한 대학을 나온 여자라는 그 한마디가 하고 싶어서 그날 그 자리에서 빙글빙글 돌아가던 와인잔과 함께 맴돌고 있었다.

깊은 고민 끝에 대학원 등록을 하지 않기로 했다. 사실 대학원에 합격한 그 순간, 객관적 검증을 통해 나를 인정받은 것 같은 느낌이 들었고 그러자 나를 짓누르고 있던 학벌콤플렉스에서 점차 가벼워지기 시작했다. 콤플렉스는 내가 만들어낸 것일 뿐이라고, 내가 스스로를 인정해주자 더 이상 학벌에 매달리지 않게 되었다. 난 이미 지나온 과정을 통해 내가 하고 싶은 걸 확실히 알게 되었다. 나는 글 쓰는 게 행복한 사람이었다. 대학원에서 또 다른 교육을 받기보단 아이를 키우며 나 자신도 함께 커가는 글을 쓰는 사람이 되고 싶을 뿐이었다. 누군가에겐 학력이 더없이 소중한 조건일 수 있겠지만 나에게는 그렇지 않았다. 글을 쓸 수 있는 시간과 에너지가 필요하지, 남에게 보여주기식의 학벌을 따는 시간은 더 이상 필요하지 않았다. 원하는 걸 확실히 인지하자 속이 후련해졌다. 미련도, 후회도, 아쉬움도 남지 않았다.

누가 뭐하는 사람이냐며 전공을 물어도 나는 더 이상 두렵지 않다. "나 *대 나온 여자야~!"라는 말보단 "나 글 쓰는 여자야~!" 이 한마디가 나에겐 훨씬 더 매력적이다. 그래서 오늘도 나는 글을 쓴다. 나만의 무한매력이 뿜어져 나온다.

대기업
목을 조여 오던 사원증을 벗어던지다

내 첫 회사는 대기업이었다. 학교 선배가 근무하던 회사 부서에서 디자이너를 뽑는다는 모집공고가 떴다. 전문대생은 대기업에 서류조차 낼 수 없었지만, 감사하게도 학과 교수님께서 추천서를 써주신 덕분에 수월하게 서류전형에 합격할 수 있었다. 날고 긴다는 사람들이 모인 면접대기실에서 어떻게든 살아남아야 한다는 생각뿐이었다. 난 긴장 가득한 대기자들의 표정과 달리 마치 합격이 보장된 사람처럼 보이게끔 여유를 부려보자며 마음을 먹었다. 혼신의 힘을 다해 여유로운 미소를 짓던 중 내 순서가 다가왔고 면접관들의 질문이 시작되었다.

"맥도날드와 버거킹 로고 중 더 잘 만든 로고는 무엇이라고 생각합니까?"

가장 기억에 남는 질문이었다. 내 대답 순서는 운 좋게도 4명의 지원자 중 마지막 순서였기에 앞 지원자들의 대답을 들으며 미친 듯이 머리를 굴려댈 수 있었다. 앞 지원자들은 모두 로고디자인의 모양, 색, 의미를 설명하며 이론적인 대답을 하였고 그걸 먼저 들을 수 있었던 난 다른 대답을 해낼 수 있었다.

"전 맥도날드라고 생각합니다. 어떤 로고가 더 맛있게 보이느냐보단 어떤 햄버거를 아이들이 더 좋아하는지 생각한다면 답은 당연히 맥도날드입니다. 어린이들을 위한 메뉴 구성부터 그에 어울리는 매장 구성까지 생각해보면 버거킹보단 맥도날드가 더 오래도록 사랑받으리라 예상됩니다."

면접관들의 미소를 언뜻 본 것 같았다. 합격의 기운이 느껴졌고 역시나 맞았다. 결국 최종 실기까지 합격하며 대기업에 입사하게 된 것이다. 첫 출근이 어찌나 설레고 감격스럽던지. 집 앞으로 오는 통근버스가 마치 나만을 위한 리무진 같았고 회사에 들어가기 위해 사원증을 목에 걸자 마치 인생의 결승선으로 들어가는 금메달리스트가 된 것 같았다. 그러나 난 알지 못했다. 그날은 결승선이 아닌 무거운 사원증을 목에 매달고 서로 밟고 올라가야 하는 경쟁사회에 선 출발선이었다는 걸.

홍보팀 디자이너로 8년을 재직했다. 주어진 디자인 업무를 잘하는 것보다 견적을 짜고 업체를 선정하고 보고할 서류를 만드는 일이 더 중요했다. 매년 개인 실적을 평가하는 인사고과가 시행되는 연초에는 살얼음을 걷는 기분이었다. 누가 S등급(최고점)을 받았는지, 누가 C등급(최하점)을 받았는지. 비밀이라곤 없는 회사 내부에 순식간에 퍼져 나갔다. 그 결과로 생긴 인사발령과 자리 이동은 우리 모두를 천국과 지옥으로 이동시켜 주었다. 지옥의 자리로 발령이 난 한 대리님은 다음 날 아침, 술에 취한 채 본인 모니터를 부수고 회사를 나가기도 했다(결국 돌아와서 징계를 받았다). 8년 동안 내가 팀장님으로 모신 분들은 8명이었다. 난 전쟁터 같은 이곳에서 살아남기 위해 언제나 팀장님들보다 이른 출근을 하고 늦은 퇴근을 했다. 개인 생활이나 취미 같은 건 꿈도 꾸지 않고 회사생활에만 몰두했고 회사가 내 생활의 전부였다. 그러면서도 항상 불안했고 초조했으며 해가 지나고 경력이 쌓여가는 것조차 두려워졌다. 드라마에서 봐왔던 빛나는 동료애도, 상사와의 허물없는 술자리도, 의기투합으로 한 몸으로 뭉친 팀도 현실에선 존재하지 않았다. 약해 보이면 잡아먹히는 그곳에서 살아남기 위해 강해져야 했고, 남을 밟아야 했고, 평가받아야 했다. 밟고 밟으면서도 오랜 시간 그곳을 벗어날 수 없었던 이유는 간단했다. 주변의 인정, 어딜 가도 명함 한 장이면 인정받는 사회적 분위기와 지인들의 부러움, 잘 키운 딸이라는 타이틀은 힘들다는 이유로 내려놓기엔 너무나도 달콤했다. 달콤한 맛에 오래 취해보고 싶어서 붙잡고 물고 빨아보았지만 이 달콤함이 씁쓸함으로 바뀌는 시간은 그리 오래 걸리지 않았다.

　나는 점점 내가 한 일들에 회의를 느끼기 시작했다. 난 디자이너였지만 어떤 프로젝트건 업체를 뽑고 견적을 내주고 회의를 하고 보고를 했을 뿐, 내가 한 디자인이라고 자신 있게 내놓을 수 있는 그림은 없었다. 서류를 만들고 팀장님과 상무님들의 사인을 거쳐 뽑은 광고대행사가 그려낸 결과물이 진정 내 실적인 건지 점차 회의감이 들기 시작했다. 나는 디자이너인가, 기획자인가, 보고자인가. 내가 무엇을 할 때

성취감을 느끼고 보람을 느끼는지 고민에 빠지기 시작했다. 좋은 고과점수를 받아도 그 생각은 끈질기게 나를 따라다녔고 이렇게 회사의 부속품처럼 일해서 대리가 되고 과장이 된다면 그다음엔 무엇을 향해 나가야 하는 건지 답답해졌다. 불행히도 8년 동안 모셨던 팀장님 두 분은 암에 걸리셨고 네 분은 인사발령으로 또 다른 지옥에서 근무 중이시다.

내 미래는 어떨까. 전문대생, 그리고 여자로서 올라갈 수 있는 내 직급은 과연 어디까지일까. 상급자는 온통 남자뿐인 이곳에서 내 쓸모는 언제까지 지속될 수 있을까. 그동안 내가 일을 하면서 과연 행복했는지, 진정 바라는 삶이 이 회사에 있는지 아무리 고민해 봐도 답은 하나였다. 지금껏 회사에 다니면서 일을 하며 행복을 느낀 적이 없었고 항상 외줄타기를 하는 기분이었다. 다시 말해 지금 이 자리는 내가 평생 있을 자리가 아니라는 결론이었다. 주변인의 반대, 가족의 반대를 무릅쓰고 결국 20대를 바친 회사를 그만두기로 마음먹었다. 아무 일도 일어나지 않았고 모든 게 똑같았지만, 나에겐 모든 게 다르게 느껴졌던 어느 날 사직서를 냈다. 남들이 어떻게 보고 어떤 말을 해도 나는 확고했기에 미련 없이 떠날 수 있었다. 후련했지만 한편으론 불안한 마음도 감출 수는 없었다. 앞으로 내 삶은 어떻게 펼쳐질지, 남들은 들어오지 못해 안달인 이 회사를 내 발로 떠나는 게 정말 맞는 건지 여러 갈등이 나를 흔들었다. 그래도 결정은 내려진 것이기에, 우선 실컷 흥에 취해 살아보았다. 8년간 새벽 출근을 하느라 갈 생각도 해보지 못했던 나이트와 클럽 죽순이가 된 채 온몸을 흔들어대며 출퇴근에 묶이지 않는 하루하루를 원 없이 즐겼다. 그렇게 딱 1년을 방황도 해보고 여행도 다니며 실컷 놀고먹고 마시며 흥에 취해 살았다. 그 후 내가 일하고 싶었던 광고대행사 디자인 팀장직에 지원했고 면접 때 대표님이 이런 질문을 했다.

"왜 대기업을 관두고 힘든 광고대행사를 선택했나요?"
"갑이 아닌 갑으로 살기보단 진정한 디자이너로, 을다운 을로서 빡세게 일해보고 싶어서요."

그렇게 광고대행사에서 내가 직접 만들어내는 디자인 결과물에 행복과 성취를 느끼며 8년간 일했고 그곳에서 일생의 반려자를 만나 결혼도 했다. 20대 때 대기업에서 보냈던 8년과 30대 때 광고대행사에서 보냈던 8년의 회사생활을 비교해 본다면 무엇이 더 좋다, 나쁘다 단정 지을 순 없다. 각자의 회사는 각자의 이유로 존재하므로 내가 어떤 자리에서 행복과 성취를 느끼는지가 중요하다. 나의 그릇이 대기업을 담기엔 너무 작았을 수도 있지만 어쩌면 반대로 내 그릇이 더 컸기에 대기업만으로는 성에 안 찼을 수도 있다. 어쨌든 지금 난 내 삶에서 가장 보람된 시간을 지나고 있다.

비건
책 한 권이 바꿔버린 입맛

비건을 시작한 지 어느새 2년이 넘어가고 있다. 난 채소류만 먹는 오리지널 비건은 절대 못 하고 해산물과 야채만 먹는 페스코 베지테리언이다(달걀도 먹지 않는다).

난 원래 철저한 육식주의자였다. 저녁은 언제나 내 사랑 술과 함께였으니 1, 2, 3차로 가는 음주 코스는 매번 비슷했다. 1차로 향한 삼겹살집에선 야채류에 손을 대면 고기님께 배신이라며 다른 반찬은 처다도 보지 않고 오로지 고기에 소금만 찍어 먹었다. 삼겹살 기름으로 촉촉이 적신 입술로 만족스러운 미소를 올린 채 2차로 향하는 곳은 곱창집. 그 고소하고 담백하면서도 향긋한 곱창은 조각내는 것도 아쉬워 목

도리처럼 두르고 뜯어먹고 싶을 만큼 나는 곱창 마니아였다. 곱창을 씹으며 인생도 씹다 보면 다시금 허기져진 배를 채우기 위해 3차로 치킨을 뜯어 먹었고 다음 날 아침엔 깊고 진한 국물로 속을 깨워주는 소고기 해장국으로 숙취를 달래곤 했다. 이렇게 고기님에게 잔뜩 취해 살아왔던 내 입맛을 하루아침에 바꿔버린 건 어느 날 읽게 된 김한민 작가님의 《아무튼 비건》이라는 책 한 권이었다. 책 속에는 소, 돼지, 닭 등 우리가 흔히 접하고 평생을 먹어온 동물들의 살생 과정이 과장없이 현실적으로 표현되어 있었다. 어렴풋이 알고는 있었지만 외면해왔던 동물들의 참담한 실상들이 작고 얇은 책 한 권에 모조리 담겨있었고 그 얇은 한 페이지, 한 페이지를 넘기는 게 납덩이를 넘기는 것처럼 무겁게 느껴졌다.

살처분을 맡은 보건 담당 직원이었다. 하루 종일 돼지를 땅에 파묻고 꿀꿀한 기분으로 당직을 서야 했던 그는, 새벽에 이상한 소리를 듣고 깬다. 나가보니, 낮에 산 채로 묻힌 수천 마리 돼지 중 두세 마리가 밤새 사력을 다해 땅을 파서 거의 지면에 도달하려던 차였다. 이를 발견한 현장 감독관의 지시로, 이 공무원은 삽을 들어 돼지들의 두개골을 후려쳐 다시 땅에 묻어버린다.

산채로 묻혔다가 살기 위해 밤새 땅을 파서 기어 나올 때 본 빛 한줄기조차 허락하지 못하고 처참하게 죽일 수 있는 권리를 어느 누가 인간에게 준 것인지, 마음이 아프고 구역질이 올라왔다. 어릴 때부터 불쌍한 동물만 보면 혼자 눈물을 줄줄 흘리곤 했던 성격이라 죽기 위해 태어나는 동물들의 아픈 삶을 알아버린 후부터 도저히 고기를 입에 댈 수 없게 되었다. 처음엔 남모르게 혼자 비건을 시작해보다가 얼마간의 시간이 지나고 확신이 생긴 나는 주변인들에게도 알렸다. 주변 분들은 평생을 육식주의자로 살아온 나를 잘 알기에 극구 만류했다. 몰래 혼자 고기 한 근 구워 먹다가 개망신당하고 싶냐며 채식주의자인 이효리도 집에 삼겹살 구워 먹는 방이 따로 있다는 말도 안 되는 모함을 하며 나를 말려댔다. 난 굳은 결심을 한 채 오이를 씹으며 당근에게 맹세했다. 너희들만 씹어 먹고 고기는 먹지 않으리라! 내 기필코 이효리 허리가 되리……가 아니고 당당한 채식주의자가 되리라!

그러나 비건은 생각 이상으로 쉽지 않았다. 우선 먹을 게 없다. 외식을 해도 횟집 말고는 도무지 갈 데가 없다. 온 세상에 소고기, 돼지고기, 치킨집이 넘쳐난다. 온갖 맛집이 모여 있다는 서울, 경기권을 떠나 제주로 내려왔더니 제주에는 제주 흑돼지들이 솥뚜껑에 올라간 채 불타오르며 나를 유혹한다. 남편과 따님은 속도 모르고 외식하러 갈 때마다 흑돼지집을 찾아간다. 나는 초연한 미소를 지은 채 집에서 몰래 챙겨온 참치캔을 가방에서 꺼내 상추에 싸서 흡입한다. 처음엔 고깃집 사장님들의 눈치를 보느라 참치캔을 상추 옆에 숨겨놓고 먹곤 했는데 이젠 참치캔도 빅사이즈를 챙겨가느라 상추에 가려지지도 않아 당당하게 꺼내놓고 먹는다. 그러고도 부족한 허기짐은 맥주로 채운다. 비건을 시작한 후로 주량 또한 무한대로 늘어나는 것 같다. 잘 취하지도 않아 마시다 지쳐 졸려서 그만 마시고 잔다. 인간의 3대 욕구가 수면욕, 성욕, 식욕이라던데. 성욕은 진작에 말라비틀어진 것 같고 식욕은 먹고 싶어도 먹을 게 없다 보니 수면욕만 남아 무한대로 자고, 자고 또 잔다. 9시면 병든 닭처럼 졸기 시작하고 맥주를 입에 문 채 10시도 되기 전에 장렬히 전사한다. 식욕이 없어지니 성욕도 사그라지고 그래서 남는 게 결국 수면욕인가 보다.

비건이 되면 살이 찔 일이 없을 거란 생각에 이효리 허리

도 금방 될 줄 알았다. 비건을 시작한 지 3개월 차 때쯤엔 온
몸에 부기가 빠지는 것 같고 1~2kg 살도 저절로 빠졌었다.
그런데 그건 3개월의 매직일 뿐. 우리의 몸은 어떻게든 원래
몸무게를 찾아간다. 절대 길을 잃지 않는다. 비건에 금세 적
응된 몸은 부족한 영양분을 기필코 다른 것으로라도 채우려
한다. 우선 당이 떨어진다. 단 게 땡긴다. 언제나 허기짐을
품고 사는 비건에게 달달한 군것질거리는 아주 좋은 유혹거
리가 된다. 사탕, 과일, 고구마, 감자, 요플레, 젤리 등 먹을
수 있는 간식은 다 먹어댄다. 공복감과 당 떨어짐이 동시에
찾아오는 날엔 손을 달달 떨면서 콜라를 급히 들이켠다. 탄
산음료는 맥주 말고는 입에도 안 대고 살았는데 비건이 된 이
후론 마치 비상약을 챙기듯 콜라 몇 캔을 냉장고에 비치해두
고 있다. 결론으론 고기를 먹을 때보다 비건이 된 현재 2kg
정도 더 쪄있다. 고기를 안 먹어도 살이 찔 수 있다니. 충분
히 가능하다. 더 찔 수도 있다. 감히 효리님의 허리를 들먹인
걸 진심으로 사과한다.

비건을 유지하면서 이리도 단점만 나열하다니. 나는 왜 비
건을 하고 있는 것일까. 아이러니하게도 비건이 좋아서다.
나 하나 고기 한 점 먹지 않는다고 세상이 달라지는 것도, 살

생 되는 동물의 수기 줄어드는 것도 아니겠지만 그래도 나라도 먹지 않고 싶다. 한 명, 한 명이 모여서 열 명이 되고 열 명이 모여서 백 명이 되는 것인데, 고작 한 명이라는 이유로 아무것도 하지 않는다면 열 명이 될 일도, 백 명이 될 일도 꿈조차 꿀 수 없게 된다. 음식을 먹으며 죄책감을 느끼고 싶지 않다. 처음부터 동물의 고통을 느끼지 않고 앞으로도 느낄 일이 없다면 그것만큼 마냥 행복할 일이 없을 듯싶지만, 난 이미 현실을 듣고, 보고, 알게 되었기에 지금 외면해버리면 나 스스로에게 너무나 부끄럽다. 세상 살면서 해왔던 부끄러운 일이 한둘이 아닐 테지만 스스로에게라도 부끄럽지 않게 먹고, 살고 싶다. 비건이 된 이후로 고기 냄새에 꽤 예민해졌다. 침을 줄줄 흘리며 달려드는 예민함이 아닌 고기 냄새가 비리게 느껴져 자연스럽게 멀리하게 되었다. 어떻게 삼겹살을 참을 수 있느냐고 주변에서 물어보시는데 참는 게 아니고 머릿속에서 내가 먹지 않아야 하는 음식으로 분류된 후엔 자연히 먹고 싶다는 생각이 들지 않았다. 고기나 가공식품을 먹지 않게 되면서 입맛도 많이 변했다. 원재료의 맛을 찾게 되고 야채의 단맛에 감탄할 줄도 알게 되었고 모든 걸 먹을 수 있을 때 보다 음식의 한정이 정해진 지금, 음식의 소중함을 더 알게 되었다.

비건은 쉽지 않다. 순간순간 육식이 확 땡길 때도 있고, 당이 떨어져 손을 벌벌 떨 때도 있고, 포만감이 잘 들지 않아 언제나 배고픈 하이에나의 눈빛을 발사하며 부엌을 어슬렁거릴 수도 있다. 그래도 난 비건을 선택한다. 비건에 관한 책 중 황윤 작가의 《사랑할까 먹을까》라는 책이 있다. 제목부터 가슴팍에 확 꽂혔다. 비건을 선택한 난 사랑을 선택했다. 사랑을 선택한 내가 자랑스럽다. 무엇을 먹을지 우린 선택할 수 있다. 선택의 그 기회는 지금도, 다음 끼니에도 언제나 열려 있다는 걸 많은 이가 알아주었으면 좋겠다. 오늘 점심은 김치볶음밥이다. 신 김치 잘게, 잘게 썰어서 깨소금 참기름 넣고 잘 볶아먹어야지. 고기 냄새보다 향긋할 김치 냄새에 벌써부터 식욕이 올라온다.

다이어트
욕심내지 않는 선에서

● ● ● ●

한창 예쁘다는 처녀 시절, 난 통통했다. 엄청난 비만까지는 아니었지만 155cm의 작은 키에 54kg 정도로 팔다리도 두꺼운 체형이라 통통하다는 단어가 아주 찰지게 어울리는 몸매였다. 55사이즈는 단추가 잠기지 않고 66사이즈는 팔다리가 짧아 볼품이 없었던 난 55사이즈를 굳이 사서 허리 단추를 푼 채 옷에 온몸을 구겨 넣고 입으며 그 시절을 보냈었다. 몇kg만 빼면 단추 정도는 잠그고 살 수 있을 것 같았지만 그 몇kg을 빼려면 술과 고기를 줄여야 했다. 술과 고기가 없는 인생은 그땐 상상도 할 수 없는 가혹한 일이었기에 난 허리 단추를 포기하고 술을 선택한 채 흥에 취해 살았었다. 물론 흥에 취한 건 취한 것이고 마른 여자들을 보면 언제나 부러운 시선으로 그들의 얇은 라인을 선망하곤 했다. 나 역시 살을 빼고 싶어서 주말에 등산도 해봤지만 하산 후 닭볶음탕과 막걸리를 먹고 마시느라 등산 전보다 오히려 근육과 지방은 더 풍부하게 늘어나버렸다. 마법의 약이라며 그 시절 유행하던 다이어트약도 먹어 봤지만 부작용으로 손이 덜덜 떨리며 삶의 의욕마저 사라져버리길래 이러다 큰일 날 것 같아서 이 역시 때려치웠다. 마른 여자의 삶은 다시 태어나면 해봐야 하는 버킷리스트로 남겨둔 채 내 처녀 시절은 통통하게 흘러갔고 난 30대 후반, 늦은 결혼 후 아이를 갖게 되었다.

육아는 무시무시했다. 아이는 예민한 아이들이 갖고 있는 모든 점을 장착한 아이였다. 한번 울기 시작하면 1시간은 내리 울어 제꼈고 잘 먹지도 잘 자지도 않았으며 아프기도 자주 아파서 응급실을 제집처럼 드나들곤 했다. 난 아이를 24시간 안은 채로 입히고, 먹이고, 재우며 사느라 피골이 상접한 좀비가 되어갔고 좀비에 걸맞게끔 몸무게도 줄어들어서 나도 모르게 45kg을 달성하게 되었다. 45kg이라니. 어머, 나다시 태어난 것이니. 여전히 건강한 근육이 움찔거리는 팔다리를 보니 다시 태어난 건 아닌 게 확실하고 개고생 한 만큼 몸무게가 확 줄어들어 있었다. 내 육신을 갈아 넣은 육아로 인해 난 갑자기 마른 여자가 되어있었다. 사람은 역시 잃는 게 있으면 얻는 게 있다. 살이 빠지면서 옷을 입던 스타일도 바뀌게 되었고 그러다 보니 사람이 좀 고급져 보이는 것이 어쩐지 처녀 때보다 오히려 40대가 된 내가 더 나아 보였다(나만의 착각일 수도 있다). 개인 블로그에 처녀 때 사진과 육아 후 사진을 비포 에프터로 올렸더니 환골탈태했다며 이웃들이 같이 환호성을 질러주었다. 남편 역시 모든 걸 내려놓은 채 포비(남편이 지어준 별명이다. 코난 친구 포비. 짜리몽땅한 키에 웃통은 벗어 던진 채 양손에 술과 고기를 놓지 않는다)와 결혼했더니 애를 낳고 이 여자 상태가 더 좋아졌다며, 신은 자기를 아직 버리지 않았었다며 브라보를 외쳐주었다.

의도치 않게 예민한 아이 덕에 굳건한 살들이 나를 떠나가 주었지만 대부분의 엄마가 된 여자들은 억울하다. 출산과 육아를 거치게 되면 출산 전 몸무게로 돌아가는 일은 정말 쉽지 않다. 출산 후에도 대부분 몇kg 정도는 몸에 남게 되고 한번 남은 살님들은 그 자리를 떠나려 하지 않는다. 하루 종일 움직이는 것에 비해 칼로리 소비는 많지 않고 그렇다고 다이어트를 할 시간조차 쉽게 주어지지 않는다. 이놈의 살은 여자들의 평생의 적이다. 나이가 많든 적든 마르고 싶은 마음은 여자라면 누구나 같을 것이다. 70이 넘은 친정엄마도 몸무게가 늘어날 때면 운동을 해야겠다며 앞뒤로 박수를 치며 동네를 마구 뛰어다니신다. 마르고 싶은 욕구는 개인적 욕구도 크지만 사회적 시선들이 만들어낸 영향도 크다. 같은 여자끼리도 살이 찐 여자보다 마른 여자를 더 긍정적으로 보는 건 나이 불문하고 현실이다.

육아 전엔 마른 몸보단 술과 고기가 더 중요했기에 사회적 시선 따윈 내려놓고 내가 먹고 싶은 만큼 먹고 마셨다. 그러면서도 마음 한구석엔 언제나 다이어트라는 단어가 걸려있었다. 지금 나는 세상과 적당히 타협해 48kg을 유지하고 있다. 이렇게 쿨하게 말하니까 자동으로 몸무게가 유지되는 것처럼 건방지게 들린다. 그러나 절대 그렇지 않다. 최대한 살이 찌지 않게 먹으려고 매 끼니 신경 쓴다. 매 저녁 맥주를 마셔줘야 행복해지는 나로선 저녁을 너무 많이 먹으면 배가 불러서 맥주가 들어가지를 않는다. 그래서 저녁밥보다 맥주를 먼저 들이켜 목과 배를 축인다. 들썩이던 식욕이 조금 자제가 되고 기분이 상승된다. 술을 끊는다면 아마도 처음 살이 빠졌었던 꿈의 45kg까지 더 내려갈 수 있을지도 모른다. 하지만 그건 내 인생의 큰 재미를 버리는 것이다. 필요 이상의 욕심까지는 내고 싶지 않다. 다이어트든 술이든 어느 한 쪽에 너무 치우치지 않고 나를 즐겁게 해줄 수 있는 걸 우선 순위로 두고 싶다. 간 관리 잘해서 먼 훗날 할머니가 되어도 주변 분들과 여유롭게 맥주 한잔 원샷할 수 있길 바란다. 핼 쑥해 보이고 싶은 날엔 조금 덜먹고, 덜먹었으니 그다음 날 엔 그 보상으로 조금 더 많이 들이키고. 그렇게 하루하루가 쌓이고 세월이 흘러 주름이 자글자글해져도 내 손엔 500cc 맥주잔이 찰랑거릴 것이다. 그날을 기리며 오늘도 원샷을 외 쳐본다. 에브리바디 원샷!

우울증
정신과 다니는 게 뭐 어때서

●●●●

언제부터였을까. 꽤 오래전부터 난 지독한 마음의 감기를 심하게 앓고 있다. 전업주부가 된 후 멍하니 아이만 보고 앉아서 눈물짓던 그때부터였을까. 아니면 나와 맞지 않는 사람들에게까지 나를 끼워 넣으려다 상처받던 그때부터였을까. 사람들을 만나고 마음을 나누는 관계에 아무 거부감 없이 살아왔던 난 언제부턴가 사람이 두렵고 싫어지고 내 안에 숨고만 싶어졌다. 나를 잘 아는 친구나 남편은 뭔가 느끼고 있었겠지만 아마 그 어떤 말도 건네지 못했을 것이다. 당신은 우울증인 것 같다는 말을 어느 누가 아무렇지 않게 건넬 수 있을까. 남편은 별일 아닌 일에 혼자 울고 웃는 내게서 점차 지쳐갔다. 아이 또한 어떤 날은 다정했다가 어떤 날은 차갑게 돌변해버리는 나를 무서워했고 점차 내게 등을 돌리는 것 같았다. 내 마음의 감기는 내가 가장 사랑하는 사람들이 나를 멀리하고 두려워하게 만들었다. 나를 잠식해버린 그야말로 지독한 바이러스였다.

그러던 어느 평범한 날. 학교 갈 준비를 하는 아이가 아침 투정을 부리자 순간적으로 화가 나 물 한 모금도 주지 않고 학교로 떠밀 듯 보내 버렸다. 제정신의 행동이 아니었다. 내가 한 행동에 죄책감에 휩싸였고 아이를 등교시킨 후 집으로 돌아오면서 신경정신과로 조용히 차를 틀었다. 제주로 이주 전 육지에 살 땐 신경정신과에 갈 엄두조차 내지 못했었다. 한 집 걸러 아는 좁은 동네에서 신경정신과 근처에 얼씬대다가 이상한 소문이라도 퍼질까 봐, 그래서 아이에게까지 그 피해가 가게 될까 봐 그동안 마음 한편에만 두었을 뿐이었다. 신경정신과를 찾는 사람들은 어딘가 눈빛이나 행동이 이상한 사람들일 것 같았고 그 안에 내가 속해 있어야 한다는 것도 내키지 않았다. 하지만 더 이상 미룰 수 없었다. 내 마음의 감기를 정면으로 바라봐야 할 때가 이미 지나고 있다는 걸 난 알고 있었다.

막상 병원에 들어가자 조용히 흐르는 음악과 차분하고 친절한 분위기의 사람들이 나를 맞아주었다. 어색한 표정의 나에게 부드러운 미소를 띤 매니저 선생님께서 다가와 접수를 도와주셨고 매니저 선생님의 친절한 미소를 보자 마음이 편안해졌다. 주변을 둘러보자 어느 병원과 똑같은 평범한 사람들이 각자의 할 일들을 하며 순서를 기다리고 있었다. 오히려 다른 병원보다 북적이지 않아서 좋았고 병원을 찾아온 것만으로도 심리적으로 안정되는 기분이 들었다. 정신과에 대한 괜한 선입견을 갖고 있던 내가 오히려 부끄러워졌다.

내 이름이 호명되었고 진료실로 들어갔다. 처음 뵙는데도 편안하게 대해주는 의사 선생님을 마주하자 속마음이 점차 열리기 시작했고 그렇게 여러 얘기를 덤덤히 털어놓았다. 두서없이 내뱉는 내 말들을 선생님께선 조용히 들어주셨다. 선생님 앞에서 내뱉는 말들이 내가 하는 말 같지 않았고 우울증을 앓고 있는 어떤 한 여자의 말을 내가 대신 읊어주고 들어주는 기분이 들었다. 객관적으로 내 말들이 들리자 오히려 많은 생각이 정리되는 듯했다. 상담 후 다양한 질문들이 적힌 심리검사를 했고 검사 결과 난 우울증보다 불안증이 더 큰 것으로 나왔다. 남들보다 늦은 결혼으로 40이 다 된 나이에 시작된 육아의 어려움과 잦은 병치레로 몸이 약한 아이에 대한 불안감, 전업주부가 된 후 내려가 버린 자존감 등은 나를 지독한 불안증세로 덮어가고 있었다. 불안증이 커지면 공황장애로 이어질 수 있으니 약을 먹으며 천천히 상담과 약물 치료를 해나가자고 하셨다. 작은 알약이 두 알씩 든 약 봉투를 들고 집으로 돌아왔다. 꿀꺽 삼키고 나니 왠지 눈물이 났다. 살아남기 위해 아무에게도 말하지 못하고 꾹꾹 눌러가며 여기까지 혼자 온 내가 가여웠다. 긴 시간 그 자리에 주저앉아 흐느꼈다. 눈물로 온몸이 젖어들었다.

약을 먹은 지 어느새 석 달이 넘어가며 약 효과가 좋은 것인지, 어쩌면 치료를 받고 있다는 심리적인 이유 때문인지 많은 부분 안정되어가고 있다. 나와 같은 경단녀의 과정과 힘든 육아를 겪은 김슬기 작가의 《아이가 잠들면 서재로 숨었다》속 한 문장이 생각난다.

완벽한 엄마가 아니면 어때? 지금 당장 내 일을 하지 못하면 어때? 그까짓 돈 좀 못 벌면 어때? 내가 부족해서 못 하는 게 아니잖아. 내 탓이 아니잖아. 이 모든 걸 실현하는 게 불가능한 나라에서 살고 있잖아. 내가 어찌할

수 없는 부분이 분명히 존재하잖아. 불가능한 목표를 세우고 발버둥 칠 필요 없어. 나는 잘하고 있어. 충분히 잘하고 있어. 지금 이대로 괜찮아.

김슬기 《아이가 잠들면 서재로 숨었다》

병원을 다닌다고 해서 날 불안증으로 몰았던 모든 걱정거리가 갑자기 없어지진 않는다. 다만 약을 먹고 상담을 하자 나 자신을 객관적으로 볼 수 있게 되었고 내가 겪는 모든 감정은 나만이 아닌 누구나 살아가면서 겪는 일이란 걸 깨닫게 되었다. 사소한 문제들도 부풀려서 걱정하던 습관을 없애기 시작하자 현실적으로 당장 큰일이 벌어지는 일은 없었고 그러자 나도 점차 안정되었다. 미래에 대한 불안감이 들 때마다 남편을 원망하던 습관도 서서히 없어져 갔다. 아이가 갑자기 변덕을 부리는 날에도 감정적인 대응이 아닌 이성적으로 아이와 대화하고 행동할 수 있도록 잠시 잠깐의 시간을 내게 주고 있다. 그리고 가족, 친한 친구, 그리고 블로그에도 우울증을 앓고 있다고 밝혔다. 그동안 힘들었다고 그래서 약을 먹기 시작했고 많은 부분 괜찮아지고 있다며 숨기고 감춰야 할 것 같은 우울증을 그냥 드러내 놓고 치료해 나가기로 마음먹었다. 내가 털어놓자 주변 사람들은 나를 이상하게 보기는커녕 잘했다고 본인도 한 번쯤 병원을 가고 싶은데 용기가 나지 않았다며 같이 응원해 주고 격려해 주었다. 내 주변 사람들은 아무도 나를 이상한 시선으로 보지 않았고 다정했고 진심이었다.

나는 드러내기가 많이 두려웠다. 고작 그런 일들로 우울증을 겪느냐고 핀잔받을까 두려웠고, '잘 사는척하더니 너도 별수 없구나'와 같은 시선을 받을까 두려웠다. 어쩌면 내 행복이 모두 거짓으로 느껴질까 봐 그게 가장 두려웠던 것 같다. 사람들의 마음은 어느 부분이든 아픈 곳이 있다. 겉보기에 아무 걱정이 없어 보이는 사람들도 그 속의 아픔까지는 알 수가 없다. 용기 내어 털어놨으니 앞으론 격려받고 힘낼 일만 남았다. 어둡고 깊기만 했던 우울증의 늪 속에서 오늘도 한 발 더 올라온다. 언젠간 내 마음속 늪이 맑고 투명하게 빛나는 날을 꿈꿔본다.

건강염려증
유방암인 줄 알고 죽어나갈 뻔

〰

　난 오늘 하루 멋지게 살다(죽자)주의였다. 빡세게 일하고 빡세게 뒤풀이하고 그렇게 하루 알차게 사는 게 행복했다. 그렇게 불꽃 같은 하루만 생각하며 살던 나에게 작고 연약한 아이가 생긴 후부터 세상 모든 게 다 걱정거리였다. 저체중으로 태어나 면역력 저하로 매년 입원을 반복하는 아이를 키우면서 내 머릿속을 가장 많이 차지하는 건 건강 걱정이었다. 걱정의 범위는 아이뿐 아니라 나와 남편에게까지 필요 이상으로 넓어졌다. 위내시경과 대장내시경도 위아래를 찔러가며 연속으로 하기도 했고, 어디가 안 좋다고 하면 그 질환에 대해 검색해 보면서 걱정을 사서하곤 했다. 자궁경부암 검사를 하고 온 날에는 결과가 나올 때까지 자궁경

부암 환자가 되어있었고 남편이 위내시경을 할 때는 대기실에서 두 손을 꼭 부여잡고 기도를 하며 '제발 큰 병이 아니게 해주세요'라며 청승을 떨곤 했다. 아이가 고열로 아파 구급차를 탔을 땐 걱정으로 거의 시체가 된 채 아이보다 더 혈색이 안 좋은 보호자로 아이보단 내가 부축을 받으며 같이 링거를 맞곤 한다.

이런 걱정투성이인 나에게 얼마 전 엄청난 일이 생겼다. 샤워를 하는데 왼쪽 겨드랑이에 뭔가가 만져졌다. 으응? 이게 뭐지? 제법 커다란 원형 형태의 그 종기는 별 통증도 없이 내 겨드랑이에 자리 잡은 채 커가고 있었다. 가슴이 덜컥했다. 이건 말로만 듣던 유방암 초기 증상! 당장 네이버에 검색해 보니 이건 100% 유방암 증상이었다. 근무 중이었던 남편에게 다급히 전화를 걸었다.

"오빠, 나 겨드랑이에 뭔가가 만져져. 유방암 초기인 것 같아…."

"뭐라고? 누가 그래? 병원 다녀왔어?"

"아니… 검색해 보니까 다 유방암 초기증상이라잖아…."

"그래? 일단 너무 걱정 말고 병원 한번 가보자."

원래 걱정이 많은 나를 잘 알고 있던 남편은 큰 걱정 없이 받아들였지만 난 정신이 아득해진 상태였다. 유명한 유방 외과를 예약해 보니 가장 빠른 날짜가 일주일 후였다. 난 시름시름 앓기 시작했다. 매일 침울한 표정으로 네이버 검색에만 매달렸다. 유방암 증상을 확인하면 할수록 모든 게 나에게 해당되는 것 같았다. 일주일 내내 매일 저녁이 마지막 식사인 것처럼 먹어대며 남편에게 말로 붙잡고 매달려댔다. 유방암 1기면 살 수 있겠냐며, 치료가 잘 안 되면 오빠는 나 없이 살 수 있겠냐. 재혼은 절대 안 되니 시율이만 키우며 살라며 아주 진상에 진상을 부려댔다. 일주일의 시간 동안 정신을 놓고 있는 나 대신 남편이 집 안 청소며 아이를 챙기는 것까지 모조리 맡아서 해줬지만, 그 역시 내심 심란해 보였다. 처음엔 말도 안 된다며 허허 웃던 그도 인터넷 검색 결과를 보여주자 표정이 심각해졌고 그런 그의 모습에 난 더 불안해졌다.

검사 당일 남편은 바쁜 시간을 쪼개 외출을 내어 병원을 같이 가주었고 드디어 순서가 되어 진료실로 들어가서 초음파 검사를 했다. 화면엔 하얀색 덩어리가 확연히 보였고 그걸 본 순간 난 심장이 멎는 줄 알았다. 의사 선생님은 심각한 표정으로 아무 말 없이 종기의 센티를 재며 진료 차트에 뭔가를 써 내려가며 진지하게 말씀하셨다.

"뽀드락지군요. 무려 3센티가 넘어요."

"네????"

"몸에 돌고 돌던 피지가 겨드랑이에 모여 커다란 뽀드락지가 된 겁니다. 이렇게 큰 뽀드락지는 저도 처음 보네요."

"네에에?? 유… 유방암이 아니고요?"

"크흠. 자, 이 뽀드락지 지금 바로 짜야 합니다."

말이 떨어지기가 무섭게 선생님은 은빛 매스를 쥔 채 뽀드락지를 절개해 짜주셨다. 난 비명도 지르지 못한 채 벌게진 얼굴과 후끈거리는 겨드랑이를 어정쩡하게 들고서 진료실을 나왔다. 겨드랑이에 대형붕대를 감고서 얼굴이 벌게진 채 나오는 나를 본 남편은 놀란 눈으로 급히 뛰어왔다. 겨드랑이는 왜 들고 있냐고 묻는 그에게 "유방암이 아니라… 피지가 뭉쳐서 뽀드락지가 된 거래. 방금 짜고 왔어…." 라고 기어들어가는 목소리로 대답했다. 기가 막혀하는 남편은 회사에서 빗발치는 전화를 받으며 뒤도 안 돌아보고 병원 문을 나섰다. 개 쪽팔렸다. 쥐구멍에라도 숨고 싶었다. 후

끈거리는 겨드랑이를 든 채로 또다시 인터넷에 겨드랑이 피지를 검색해 보니 나와 같은 사례들이 몇 가지 올라온 걸 찾을 수 있었다. 유방암에 꽂혀있을 땐 그런 글은 눈에 들어오지도 않았었다.

심장이 덜컥했던 뽀드락지 사건 이후 건강의 중요성을 느낌과 동시에 내가 얼마나 필요 이상의 많은 걱정을 하고 사는지 깨달았다. 그간 걱정하느라 난장판이 된 집을 정리하고 음식을 새로 해놓고 보니 마치 다시 태어난 것 같았다. 이 일을 겪고도 아직도 별일 아닌 일에 나도 모르게 인터넷 검색을 하려고 손가락이 움찔거릴 때도 있지만 후끈거리던 겨드랑이와의 추억 덕분에 이젠 절로 마음에 안정이 찾아온다. 혹여나 걱정되는 상황이 생기면 지레 겁먹고 검색하는 대신에 최대한 빨리 병원에 가서 의사의 진단을 받는다.

인터넷 검색을 통해 지레짐작할 때는 모든 병이 암 말기로 나온다. 검색에 목매달 시간에 남편과 같이 산책과 운동을 하고 매 끼니 우리 가족들이 먹는 음식에 더 신경 쓰고 있다. 사소한 일상에서 더 많이 웃기 위해 노력하고 심각해지려 하지 않는다. 불안에 사로잡혀 일어나지 않을 일에 대해서 걱정하는 게 아닌, 오늘 현재 사랑하는 사람들과 함께 건강한 하루하루를 살아가려 한다. 뽀드락지가 사라진 깨끗한 겨드랑이가 오늘따라 유난히 보송보송하게 느껴진다.

8등신 몸매
알타리무 종아리를 가진 치어리더

학창 시절 대학교 축제를 볼 때면 수많은 학생 앞에서 응원 춤을 추는 치어리더 언니들이 그렇게 멋져 보였다. 얼굴도 예쁘고, 몸매도 예쁘고, 춤도 잘 추고, 환한 미소도 멋진 언니들을 볼 때면 나도 대학에 가면 치어리더는 꼭 한번 해보고 싶다는 생각이 절로 들곤 했다. 물론 난 치어리더 언니님들의 몸매와 춤 실력과는 100% 정반대의 조건을 가진 여자였다. 내 키는 초등학교 때부터 반에서 1번을 놓친 적이 없는 초 단신이었고 종아리 근육은 어릴 때부터 무척이나 남달랐다. 내 다리 라인은 바로 김장을 해버릴 수도 있을 만큼 알타리무 라인이었고 치킨 닭 다리가 내 다리를 본다면 이런 건강한 친구가 있냐며 튀김옷을 빌려주며 다가올 만큼 튼실

했다. 중학생이 되면서 생긴 가장 큰 고민은 교복 치마를 입는 것이었다. 예쁜 체크무늬 교복 치마는 내 종아리를 더욱 더 돋보이게 해주었다. 치마를 짧게 입으면 다리 근육이 살아서 꿈틀거리게 너무 도드라져 보였고 치마를 길게 입으면 치마 속에 숨겨진 뭔가가 거대하게 움찔거리는 것 같아 더 무섭게 느껴지곤 했다. 춤 실력 또한 총체적 난국이었다. 근본 없는 내 춤사위는 어떤 노래가 깔려도 무한 엇박자로 골반을 삐걱거리며 흔들어대는 게 전부였다. 박자를 타지 못하는 사람만이 출수 있는 춤이 특기라면 특기인데 맨정신인 사람은 절대로 눈 뜨고 볼 수 없다. 이런 몸매와 춤사위를 가진 내가 곱디고운 치어리더를 꿈꾸고 있었다니.

대학교 입학 후 가을이 다가올 때쯤 드디어 대학 축제 준비가 시작되었고 선배님들이 후배 치어리더들을 뽑기 시작했다. 원하면 이루어진다고 했던가. 그해 때마침 지원자가 적어 치어리더 수가 미달이 되어버렸다. 이럴 때 우리 과를 위해서 누군가 희생해야 한다고, 내가 기꺼이 그 희생을 해야겠다며 치어리더를 지원하였고 선배들은 떨떠름한 표정을 지은 채 나를 뽑아주셨다. 미달이 된 해라 그런지 이번 해 치어리더들은 대부분 나와 비슷한 몸매를 가진 동지들이었다.

더욱더 든든함이 밀려왔다. 이제 치어리더도 됐으니 춤과 몸매는 거저 올 것이라 생각했다. 그러나 삶이란 절대 그렇게 호락호락하지 않았다. 춤 연습으로 자연스레 빠질 것이라 기대했던 통통한 내 젖살은 춤 연습 후 먹어댄 야식으로 인해 오히려 오동통하게 차올랐고 다리 근육 또한 엄청난 운동량으로 인해 더욱더 튼실해졌다.

고된 춤 연습 시간을 지나 드디어 축제 당일이 되었고 우리에게 선사 된 치어리더 옷을 본 순간 앞이 아득하게 느껴졌다. 상의는 내 건장한 어깨가 그대로 드러나는 민소매로 춤을 출 때마다 배꼽도 빼꼼 나와서 인사를 할 수 있는 옷이었고 하의는 주름이 예쁘게도 잡힌 반짝이는 똥꼬치마였다. 나는 염병을 외치며 아니, 염불을 외치며 이 옷을 받아들였고 막상 옷을 장착해보니 몸과 마음이 모두 비워지는 것 같았다. 진정한 무의 정신으로 돌아간 것이다. 축제 당일엔 너무 더운 날씨 때문에 오히려 몸통만 가린 이 옷이 고맙게 느껴졌다. 온몸이 녹아내리는 것 같았고 춤을 추는 건지 물오징어가 흐느적거리는 것인지 구분이 잘 되진 않았지만, 어찌어찌 축제는 잘 끝났다. 또한 놀랍고 감사하게도 전체 학과 치어리더들 중 우리 과가 치어리더 대상을 받아내기도 했다.

그때까지 붙어있던 내 팔다리에게 진심으로 감사의 마음을 전했다. 정말 더럽게 힘들었지만 그 모든 고난을 참을 수 있었던 이유가 있었다. 전통적으로 치어리더들에겐 축제가 끝나면 다른 과로부터 미팅 문의가 수없이 온다고 들었기에 속으로 흐뭇한 미소를 지은 채 소식만을 기다렸다.

곧 지식인들이 모여 있을 듯한 경영학과 멋쟁이들이 우리에게 손짓을 했고 난 설레는 마음을 진정시키며 선배들과 함께 미팅 자리에 뛰쳐나갔다. 치어리더니까 당연히 짧은 A라인 치마를 장착한 나의 모습은 흡사 전쟁터에 나가는 근육질 가득한 스파르타쿠스 전사가 따로 없었다. 하지만 내 상상 속 모습만은 잘 태닝된 건강하고 섹쉬한 치어리더였다. 지식인들보다 먼저 도착한 우리 과 선배, 동기들은 참한 미소를 지은 채 그들을 기다렸고 곧 도착한 지식인들은 모두들 약속이나 한 듯이 우리 기수를 지나쳐 쪼르르 우리 과 선배들 앞에 자리 잡았다. 우리도 치어리던데!!! 작고 귀엽고 건강한 치어리던데!!! 저 지식인들 눈알은 단추 구멍을 떼서 모양으로만 붙여놨나. 어리고 상큼한 신상 치어리더를 못 알아보고 그들은 우리 과 선배들 앞에서 온갖 재롱을 떨고 있었다. 보다 못한 우리 과 선배가 그들에게 후배 기수인 우리를 소개

하자 그제야 놀란 눈으로 우리를 쳐다보는 그들의 눈빛에는 온통 물음표가 가득했다.

'누가 치어리더라는 것인가? 이것은 몰래카메라인 것인가? 저 작고 용맹한 전사들은 누구란 말인가? 내 지식은 저 전사들을 받아들일 준비가 되어있는 것인가?'

끝없이 떠오르는 그들의 마음속 질문들을 난 온몸으로 느낄 수 있었지만 굴할 순 없었다. 미팅은 이미 글러 먹은 것 같았고 술이나 퍼마시고 싶었다. 이대로 물러서면 술 한잔 못 얻어먹을 것 같아서 짝짓기는 됐고 술이나 진하게 마셔보자고 제의했고 지식인들은 반강제로 끌려오듯 술판에 가담하게 되었다. 그날 지식인들의 모든 지식이 저 먼 곳으로 날아갈 만큼 우리의 전사들은 그들의 뇌를 맑게 술로 헹궈서 다시 넣어 드렸다.

치어리더 활동 기억은 내게 참으로 흐뭇하게 남아있다. 그 후로 한동안은 노래방에 가면 치어리더들의 명곡인 박진영의 〈허니〉로 시작해 무한궤도의 〈그대에게〉를 열창하면서 몸을 흔들어댔고 클럽에 가서도 그 행위는 계속되었다.

클럽에서 단체로 추는 재미도 상당했다. 비록 내 몸뚱이는 치어리더라고 상상할 순 없는 바디 라인을 가졌지만, 정신만은 그 어떤 치어리더보다 사명감에 불타오르고 있었기에 난 그 후로도 A라인 치마를 굳세게 입고 다녔다. 치어리더를 하기 전엔 내 다리통에 대한 콤플렉스 때문에 우중충한 바지만 입고 다녔었는데 한번 시원하게 위아래 벗어던지고 춤까지 춰보고 나니 못 입을 옷이 없었다. 막상 내 다리를 드러내니 아무것도 아니었다.

콤플렉스는 한번 깨기가 어렵지, 깨고 나면 정말 별거 아니다. 내가 생각한 만큼 타인은 내게 관심이 없다. 다리통이 두꺼운 소녀가 치마를 입고 다니든 바지를 입고 다니든 스쳐 지나가는 백만 개 다리 중에 (통통한) 한 다리일 뿐이다. 만약 그때 그 시절 다리통 때문에 치어리더 동아리에 지원하지 않았다면 난 내 골반 춤에 기반이 될 춤사위도 배우지 못했을 것이고 지식인들의 뇌를 만져볼 기회조차 생기지 못했을 것이다. 치어리더가 꿈으로 남지 않아서 참 다행이다. 요즘에도 무한궤도의 〈그대에게〉가 어디선가 들려오면 몸이 20살 꽃띠로 돌아간 듯 들썩거리며 반응한다.

"내가 사랑한 그 모든 것을 나에게 준다 해도 그대를 둥두 둥 포기할 순~ 둥두둥둥 어~없어요~~~~ 빰빠밤 빰빠밤 빰 빰 빰~빰!!"

추억이 밀려온다. 다리통이 다시 한번 꿈틀거린다.

명품가방
내가 명품이 되어 네가 빛날 수 있길

우면산에 물난리가 난 적이 있었다. 서울 한복판 강남 쪽에서 15년쯤 전에 났던 물난리였다. 지금의 남편과 동거 시절 살았던 곳이 우면산 바로 앞 동네였다. 어느 여름날 반지하 주택이었던 우리 집에 물이 차오르기 시작했고 그 속도는 엄청나게 빨랐다. 손 쓸 틈 없이 TV는 물 위로 둥둥 떠다녔고 그때까지도 잠옷 바람이었던 나에게 남편은 외쳤다. "중요한 것만 챙겨서 어서 밖으로 나가야 해!" 남편은 세상 중요한 것이 청소기였는지 청소기를 끌어안은 채 내게 소리쳤고 나 역시 순간적으로 중요한 물건들을 정신없이 챙겨서 뛰쳐나왔다. 밖으로 나와 정신을 차려보니 내 양손엔 키우던 고양이들이 한 마리씩 매달려 있었고 내 목엔 구찌 가방이 걸려있었다. 구찌 가방은 남편이 생일선물로 사줬던, 단 하나뿐인 나의 명품가방이었다. 비 맞은 생쥐 꼴로 목에 걸어서까지 구출해온 내 첫 명품가방은 내리는 비를 잔뜩 머금은 채로 그렇게 망가져 버렸다. 이때만 해도 명품가방은 내게 좀 비싼, 사기 쉽지 않은, 구출하고 싶은 단 하나의 귀한 물건 정도였다. 나를 떠나간 가방은 아쉬웠으나 이후로도 명품가방은 나에겐 가까이하기엔 너무 먼 당신 정도의 존재였다.

그러나 아이를 낳고 엄마들의 모임이 시작되면서 명품가방의 존재감은 달라졌다. 첫 반 모임 날 난 해맑은 미소를 지은 채 예쁘고 깜찍한 보세가방을 들고 나갔고 나와 달리 다른 엄마들은 모두 하나같이 명품 브랜드 로고가 찍힌 가방을 들고 나왔다. 그날 처음으로 나를 떠나갔던 우면산 가방이 떠올랐고 급기야는 명품에 큰 관심을 두지 않고 살았던 나를 탓하는 마음까지 밀려들었다. 육아로 인해 자존감이 바닥을 치던 그땐 다른 엄마들의 명품가방은 눈이 부시도록 빛나 보였고 초라해져 버린 보세가방은 마치 지금의 내 삶을 보여주는 것 같았다. 그날 누구와 무슨 대화를 했는지가 아닌 보세가방을 엉덩이 뒤로 숨기느라 애를 쓰던 모습만 내 기억에 남았다.

그 후로 가방에 눈이 돌아가기 시작했다. 반 엄마들 손에 사랑스러운 자태를 드러내고 있는 가방을 볼 때면 갖고 싶다는 욕구가 불타올랐다. 들고 있는 가방을 보고 경제적 수준을 평가하게 되었고 나 역시 더 좋은 가방을 갖기 위해 틈만 나면 머리를 굴려가며 가방 살 기회를 호시탐탐 노렸다. 그러나 명품가방 이놈들은 쉽게 구입할 수 있는 금액이 아니었고 비싸도 너무나도 비쌌다. 고민하던 난 날 잡고 중고 매장을 돌아본 후 빛나는 LV로고가 빼곡히 찍힌 새것과 다름없는 튼튼한 가죽 가방을 온 카드를 쥐어짜서 구입했다. 더불어 남몰래 알아둔 어둠의 경로를 통해 A급 짝퉁가방까지 구비하게 되었다. 어깨에 힘이 팍 들어가는 기분이었다. 가방을 멜 때마다 가죽이 무거워 어깨가 한쪽으로 처지는 기분이었지만 왕관의 무게를 이기는 것처럼 그 무게를 지탱해내려고 애를 썼다.

명품가방 이놈은 한 놈을 사면 또 다른 신상이 눈에 들어와 마법처럼 새끼를 낳게 하는 오묘하고 신비로운 존재였다. 이 존재에 아직도 홀려있었다면 난 대가족을 차렸을지도 모른다. 자본주의에 빠져 배영, 접영, 평영까지 섭렵하며 무아지경으로 헤엄을 쳤던 난 다행히도 서울생활을 정리하는 과정을 겪으며 가방의 가치기준도 다시 잡게 되었다. 왜 이토록 무겁기만 한 가방에 돈과 시간을 투자하며 눈이 벌게진 채 욕심을 부리는지. 집에 대한 욕심, 차에 대한 욕심, 가방에 대한 욕심 모두 비싼 브랜드로 보이고 싶은 내 욕망이었을 뿐 실제로 내게 필요한 것은 하나도 없었다. 내 현실을 인식하고 브랜드로 가치를 평가하지 않게 되자 명품가방을 들고 있던 이전의 내 모습이 오히려 점차 부끄럽게 느껴졌다. 왜 사고 싶었을까. 왜 갖고 싶었을까. 왜 그리도 남의 눈을 의식하며 내 가치를 고작 비싼 물건으로 평가되게끔 스스로 만들었던 것일까. 가방은 가방일 뿐 내가 될 수도, 나를 대변할 수도 없는 그냥 물건일 뿐이었는데. 나는 한낱 물건에게 너무 많은 의미와 가치를 불어넣어 주었다.

지금 내가 가장 많이 들고 다니는 가방은 가볍고 실용적이고 수납력도 좋은 캔버스 가방이다. 책과 노트, 기타 아이 물건까지 넣고 다니기에 이보다 좋을 수 없고 가격도 저렴해 때가 탈까 봐 가방을 모시고 다닐 일도 없다. 가방은 가방으로만 존재하고 그렇게 사용하고 있다. 내가 소유했던 명품가방은 옷장 속 깊은 곳에 곱게 자리 잡고 있다. 나 스스로를 평가할 때 명품가방을 충분히 들어도 될 만큼 경제적으로도 내면적으로도 자랑스러워지고 싶다. 내가 명품이 되어 명품 가방이 내 덕에 빛날 수 있는 그런 날 아주 가벼운 마음으로 다시 들어보리라.

명품고양이
사백만 원 주고 산 사백이

●●●●

16년 전에 만난 내 첫 번째 고양이 이름은 '사백이'였다. 촌스러워 보이는 이름이지만 이 이름 속엔 깊은 뜻이 숨어 있다. 바로 사백만 원을 주고 샀다는 의미로 지은 이름이었다. 안다. 난 그때 잠시 정신이 나가 있었다. 아무 생각 없이 놀러 갔던 고양이 카페에서 사백이를 처음 만나게 되었고 보자마자 반해버렸다. 카페 사장님은 이미 정신줄을 놓고 눈이 풀려있는 내게 요 고양이는 미쿡에서 온 지 일주일도 안 된 새끼고양이라며 팔 생각이 없지만, 원하신다면 사백만 원은 받아야 한다고 외치셨다. 난 그게 말이 되냐고 우기기는커녕 감사하다며 허리 굽혀 인사하며 굽힌 허리 줄을 조이고 조여 돈을 짜내 사백이를 모시고 오게 되었다. 된통 당한 사기였다. 미쿡에서 왔다는 말에 고양이가 영어라도 할 것 같은 환상에 빠졌었나 보다. 그땐 고양이 카페가 한창 유행할 때였고 어딜 가도 품종도 다양한 명품 고양이들이 줄지어서 입양을 기다리고 있었다. 지금이라면 '사지 마세요. 입양하세요' 캠페인에 적극 동참하면서 길냥이 입양을 알아봤겠지만 그땐 그런 개념이 전혀 없는 맑디맑은 뇌를 가진 여자였다. 고양이를 처음 키워보는 나로선 고양이의 모든 행동이 신기했다. 깔끔한 털 관리도, 고급진 모질도, 주인을 애태우는 모습도, 적당히 먹는 식사량도 명품 고양이기에 다르다고 생각했다. SNS에 사진을 도배하기 시작했고 그때마다 무슨 품종인지를 꼭 올리곤 했다. 성격이 예민해서 조금 까칠했지만 명품 고양이는 이 정도의 튕기는 맛은 있어야 하는 거라며 살아있는 명품을 대하듯 애지중지했다.

얼마 후 포비가 고양이를 너무나도 사랑한다는 소문을 들은 어느 지인이 연락을 해왔다. 아는 동물병원에서 엄마 냥이가 새끼들을 낳았는데 아직 분양이 안 됐다며 내게 한 마리를 주겠다며 연락을 한 것이다. 고양이의 매력에 빠져 허우적거리던 난 이게 웬 떡이냐며 감사하다며 냉큼 받겠다고 했고, 이번 고양이는 공짜로 얻었으니 이름을 공짜라고 짓겠다고 마음먹고 아기냥이를 데려왔다. 공짜를 처음 본 날 난 충격에 빠지고 말았다. 아무리 공짜라지만 이놈의 아기냥이 얼굴은 주먹으로 한 대 크게 맞은 얼굴 같았다. 퍽 하니 눌린 얼굴에 눈은 음침하게도 아래로 반달에다가 코는 들창코에 머리는 고기만두 형태였다. 이런 놀라운 조합의 고양이라니. 공짜를 보자마자 난 나도 모르게 "스타워즈에 요다다!!"라며 소리를 질렀고 그 이후로 공짜냥이는 이름이 요다로 정착돼 버렸다. 요다는 꼬리를 바짝 세울 때면 광선 검을 똥꼬에 꽂고 돌진하는 것처럼 보이곤 했다. 감히 명품냥이인 사백이에게 대들다가 눌린 얼굴을 냥편치로 처맞기 일쑤였지만 아무리 처맞아도 발톱 한번 세우지 않았고 음산한 반달 눈에 눈웃음까지 띤 채 내 품에 파고들곤 했다. 엽기적이게도 사랑스러웠다. 사백이만 키울 땐 비싼 고양이라 뭔가 남다르게 사랑스러운 줄 알았다. 그런데 요다를 만난 뒤 점차 고양이들을 보는 내 눈빛이 달라지기 시작했다. 지나가는 길냥이들에게도 안쓰러움과 사랑스러움을 느끼게 되었고 세상 모든 고양이는 다 사랑스러운 존재라는 걸 고기만두 같은 요다를 키우며 알기 시작했다.

요다와 사백이가 15살이 될 때까지 더 이상의 고양이와의 인연은 생기지 않았다. 요다를 키우면서 고양이를 돈을 주고 사는 게 얼마나 어리석은 일인지 깨달았기에 고양이 샵은 그 후로 가지 않았고 우린 제주로 이주할 준비를 하고 있었다. 이주를 얼마 안 남긴 여름날 동네 화원 사장님에게서 밥을 주던 길냥이 한 마리가 갑자기 출산을 하게 되었다는 소식을 듣게 되었다. 아기냥이들을 본다면 발길이 떨어지지 않을 것이기에 절대로 그 화원에는 가지 않겠다 마음먹었지만, 어느새 내 몸뚱이는 화원에 앉아 아기냥이들의 그 고운 죠동이에 내 입술을 들이대며 뽀뽀를 하고 있었다. 그중 가장 몸이 약한 막내냥이가 머릿속에서 떠나질 않았다. 3일을 참고 참아봤으나 아른거리는 아이 얼굴을 도저히 잊을 수가 없어서 화원으로 뛰어갔고 그렇게 셋째 고양이와의 인연은 시작되었다. 진정한 길냥이 아가는 처음이었다. 길냥이는 집냥이들과 다른 야생성이 있었다. 아기 때부터 집에서 키웠지만 태어날 때부터 가지고 있는 습성은 신기하게도 남아있었다. 길냥이 님은 반짝거리거나 움직이는 모든 것을 사료 그릇에 모아댔다. 나름 사냥한 것을 모아두는 습성이었다. 딸랑이를 흔들어주면 노는 게 아니라 진심을 다해 그 딸랑이를 사냥하기 위해서 벽을 타고 날아다녔고 잡고 나면 입으로 갈가리 찢어버리며 음흉한 울음소리를 내질렀다. 제주로 온 후로는 셋째냥이의 활약은 더더욱 빛을 발했다. 제주산 파리와 나방들을 구미호가 공중제비를 넘듯 날아올라 다 잡아채 준다. 놀라운 실력자다. 어느 밤 창가에 앉아 혼자 등을 돌리고 뭔가를 하고 있길래 이름을 불렀더니 뒤를 돈 그 녀석의 입에는 나방 반쪽이 퍼덕이고 있었고 나와 눈이 마주친 그 순간 셋째냥이는 자랑스럽고도 만족스러운 미소를 내게 보여주었다. 파리한 마리 없이 우리 집을 지켜주는 셋째냥이는 자랑스러운 사냥 실력과 함께 잡힐 듯 잡힐 듯 잡히지 않는 매력 가득한 성격으로 우리 집 귀여움을 독차지하고 있다.

고양이는 다 옳다. 아니, 반려동물들은 다 다 옳다. 고양이 샵에서 파는 명품고양이라고 불리는 아가들도, 하마터면 이름이 공짜가 되어 버릴 뻔한 공짜냥이들도, 길에서 뛰어노는 길냥이들도 모두 다 가격을 매길 수 없는 사랑스러운 생명체이다. 태생이 어떤 고양이든 세상 모든 고양이들이 따뜻하고 안전한 곳에서 한평생을 나른하게 즐기며 살았으면 좋겠다. 딸의 평생소원은 고양이 10마리 키우기인데 동네에 밥 주는 길냥이들까지 합하면 이미 10마리 이상의 고양이들의 집사로 활동 중이니 이미 딸의 소원은 이루어진 것 같다. '사지 마세요. 입양하세요'이 문장을 살포시 바꿔본다. '사세요. 입양도 하세요. 우린 모두 집사!' 야옹.

SNS
인별그램아, 넌 죄가 없었어

●●●●

한창 자본주의에 빠져 밀물 썰물 다 타며 헤엄치던 시절, 엄마들끼리 SNS 소통도 활발히 했다. 그중 인별그램은 대부분 하고 있을 때라 서로 인별그램 주소를 주고받으며 일상을 공유하곤 했다. 개인 SNS 주소를 친하지 않은 엄마들과 공유하는 게 좀 부담스러웠지만, 사람을 가려가며 소통할 수는 없는 일이기에 대부분의 엄마와 팔로우하며 지냈다. 인별그램은 참으로 대단한 공간이었다. 나는 네가 지난여름에 한일 뿐 아니라 바로 어제 먹은 저녁 식사까지 알 수 있었고 누구를 만났는지, 무엇을 먹었는지, 이번 주말 계획은 뭔지까지 어여쁜 인증 사진들과 함께 모든 걸 알게 해주었다. 네이버 블로그 말고는 다른 온라인 계정은 사용하지 않았던 난 곧 주변 엄마들에 휩쓸려 인별그램을 시작했고, 하면 할수록 인별그램 세계는 놀라운 곳임을 인정해야 했다. 모두가 행복했으며 모두가 풍요로웠고 모두가 아름다웠다. 명품가방, 호캉스, 해외여행, 다정한 부부, 사랑스러운 아이들까지 한 사람의 영화 같은 인생이 무한대로 펼쳐지는 꿈과 환상의 세상이었다. 게다가 인별그램은 내가 A와 친구를 맺고 있으면 A의 친구인 B까지 내게 자동으로 추천해주며 친구를 맺게 해주는 아주 친절한 온라인 매체였다.

딸아이가 다녔던 놀이학교와 인별그램 친구를 맺고 나자 놀이학교에 다니고 있는 모든 엄마의 인별그램 주소를 추천받았다. 사립유치원이라 원비가 비싸다 보니 경제적 수준이 높거나 치맛바람이 휘몰아치는 엄마들도 많았는데 그들의 인별그램을 한번 훑어보면 나도 모르게 오전 시간이 혹하고 지나가곤 했다. 나는 그중 얼굴만 알고 지내던 한 엄마와 친구를 맺게 되었는데 그분의 인별그램 속 삶은 연예인 저리가라였다. 집은 4층 주택이었으며 연년생 아들과 딸아이는 아역배우처럼 예뻤고 남편 또한 누구나 알만한 직장을 다니며 기념일도 빼놓지 않고 챙기는 스윗가이였다. 그 엄마는 집에서 종종 피아노를 치거나 예쁘게 플레이팅 한 음식들과 함께

'오늘은 우리 공주가 영어 레벨 테스트에서 만점을 받은 날' 이라며 사진을 올리곤 했다. 부러우면 지는 건데 나는 매번 백기를 든 채 그녀의 인별그램을 구경하곤 했다. 현실과는 동떨어진 그녀의 삶을 훔쳐보면서 점점 더 궁금증이 올라왔다. 진짜 이렇게 아무 고민 없이 살 수 있는 걸까. 이런 사람이 진짜 있는 걸까. 질투와 시샘을 부리면서도 그녀의 SNS를 기웃거리는 나도 참 한심했지만, 이상하게도 욕하면서도 보게 되는 희한한 매력이 그녀의 인별그램엔 가득 흘러넘쳤다.

그러던 어느 날 아는 엄마의 소개로 현실에서 그 엄마와 인사를 나누고 차를 마실 기회가 생겼다. 은근히 기대됐다. 어떤 사람일지. 얼마나 고운 사람일지. 편견 없이 그녀를 만나보자고 다짐하며 만남의 자리에 갔는데 편견이고 뭐고를 떠나서 내 눈앞에는 인별그램 속 그녀와는 아예 다른 사람이 나타나 있었다. 몸은 우선 2배로 컸고 눈은 2배로 작았으며 욕심은 3배로 많았다. 어떤 모임을 가서든 찻값을 내지 않기 위해 자동으로 몸을 뒤로 빼고는 팔짱을 낀 채 "언니, 저는 아이스 라떼요."라고 치고 빠지기가 일쑤였고 예쁜 차와 음식이 나오면 잽싸게 사진을 찍고 '예쁜 언니, 동생들이 맛있는 커피를 사준 날♡♡'이라며 인별그램에 올렸다. 사주려고 사준 게 아닌데 사주게 된 날을 혼자 기념하다니. 알고 보니 그녀의 예쁜 4층 집은 집이 나가지 않아 골머리를 안고 있었고 남편과는 각방도 모자라 가층을 쓴 지 오래되었다고 했다. 아이들에겐 공주 대접은커녕 학원 점수를 잘 받아오지 못할 때면 째려보고 윽박지르는 엄마였다.

환상을 가지고 그녀를 본 것도 나였지만 환상이 무참히 깨져버리고 나니 환상 속의 그대 태지 오빠에게 미안해질 만큼 속은 것 같은 느낌이었다. 그녀는 인별그램에서는 스타였다. 온라인 친구도 무척 많았으며 아이 교육에 대해 전문가처럼 행동했다. 이웃들에겐 베풀었으며 남편에게는 사랑받는 아내, 아이들에겐 존경받는 엄마였다. 그녀 스스로는 온라인과 오프라인 모두 똑같이 행동하고 있다고 생각하며 사는 것일 수도 있겠지만 나는 그녀를 알고 지내는 동안 언제나 이중적인 그녀의 삶이 신기했다. 결국 점차 그녀와 멀어지게 되었고 추후 엄마들과의 관계를 정리할 때 인별그램도 삭제해 버렸다.

온라인 세상은 무엇이든 만들어 낼 수 있다. 사이가 좋지 않은 부부도 나란히 서 있는 그림자사진 하나면 사랑스러운 잉꼬부부로 연출할 수 있다. 다크써클이 내려앉아 있는 내 얼굴도 어플 사진 한 컷이면 모찌 같은 피부로 변신해 앙 깨물어 주고 싶을 만큼 고운 얼굴이 될 수 있다. 난 어플로 사진을 찍어 올리는 건 부끄러워서 하지 못하지만 내 얼굴이 너무나도 쪼그라든 오이지 같을 때 혼자 어플 카메라를 켜서 뿌잉뿌잉 표정을 지어보며 스스로를 위로하곤 한다(상상하지 말자. 토할 수 있다).

　인별그램을 일 년 넘게 사용하지 않다가 제주로 이주 후 다시 깔게 되었다. 지금 내 인별그램엔 자신의 삶을 치장하는 이웃은 한 명도 없다. 내가 그런 이웃들의 인생을 훔쳐보지 않게 되자 인별그램도 그런 이웃들의 계정을 추천해주지 않는다. 한 명의 좋은 인연은 더 좋은 인연들로 퍼져가면서 지금 내게 가장 많이 추천되는 사람들은 자신의 삶을 열심히 살며 글을 쓰고 배우는, 부지런한 일상을 사는 사람들이다. 내 관심사에 맞춰서 인별그램은 추천을 해줬을 뿐 사실 인별그램 자체에 문제가 있는 건 아니었다. 괜히 부러운 사람들의 계정을 훔쳐보고 그와 연결된 사람들의 계정을 또 훔쳐보면서 시기심을 부리고 자존감을 낮춘 건 내가 한 일이지, 인별그램이 시킨 일은 아니었다. 나와 맞지 않거나 관심이 없는 사람은 과감하게 이웃 연결을 끊고 관심 있는 사람들에겐 건강한 댓글을 남겨 드리면서 소통하다 보니 배울 것도 많고 좋은 정보도 많이 얻고 있다. 오늘도 인별그램 속 세상은 활발하다. 잠시 인별그램 세상 속으로 풍덩 빠져들어 본다. 좋아요, 하트가 마구 눌러진다.

수입차
레이, 넌 나의 벤츠야

연애시절 남편은 벤츠를 타고 다녔다. 벤츠 때문에 남편을 꼬신 건 아니었다. 그냥 정말 남편의 뒤태가 어여뻐서 꼬셨는데 덤으로 그놈이 벤츠를 타고 있었을 뿐이었다(겸경사다). 하얀색 윤기가 좔좔 흐르는 벤츠는 우리의 연애 시절을 함께 했다. 그런데 3년이 지난 어느 날 남편이 갑자기 벤츠를 팔아야 한다고 했다. 날벼락 같은 말이었다. 이렇게 보낼 수 없다며 벤츠 문짝에 들러붙어 소리를 지르는 나에게 남편은 말했다.

"사실은… 3년 유예할부로 산 거였어. 3년 동안 이자만 냈고 이제 기간이 지나서 반납해야 해…."

뭐시라고라? 그랬다. 그 차는 온전한 남편 소유의 차가 아니었다. 신데렐라 벤츠도 아니건만 3년이라는 시간의 종이 울리면 벤츠는 저 멀리 떠나야 하는 나완 맺어질 수 없는, 가질 수 없는 너였을 뿐이었다. 허무했다. 아주 맛있는 음식을 야금야금 먹고 있는데 훅 뺏긴 기분이었다. 내가 빌린 차도 아니었고 남편도 무척이나 아쉬워했기에 더 이상 뭐라고 할 수는 없었다. 그저 윤기 좔좔 흐르던 벤츠를 우리의 기억 속에 파묻어야 했다. 그러나 맛있는 음식의 맛을 이미 알아버렸기 때문일까. 기억 속 그 벤츠는 파묻혀 있기는커녕 자꾸 튀어 올라와 나를 유혹했다. 한 번만 더 맛을 봐보라며, 이렇게 좋은 차는 어디에도 없을 것이라며.

한동안 차 없이 생활했던 우린 아이가 생기고 난 후 차가 필요해졌고 기억 속에 묻어둔 벤츠를 놓치지 않았다. 벤츠는 "드디어 내가 나타날 때가 됐도다!"라며 외치기 시작했다. 나만 들리리라 생각했던 그 외침을 남편 역시 토끼 귀가 된 채 귀 기울이고 있었다. 우린 귓가에 울리는 그 외침을 우리식으로 합리화하기 시작했다. 아직 어린아이를 태우려면 안전성으로 유명한 독일 차가 그렇게 좋다며, 독일 차 중엔 역시 벤츠만 한 차가 없다며. 우린 눈에 빛나는 광기를 뿜으며 결국 벤츠를 구입했다. 물론, 예전과 똑같이 3년 유예할부로. 유예할부든 뭐든 '머리부터 발끝까지 사랑스러워'라는 노래가 절로 나왔다.

아이가 놀이학교를 다니게 되면서 등하교를 위해 벤츠는 내가 몰았다. 남편 역시 높아진 눈에 맞춰 BMW를 구매했다 (3년 유예할부로. 이젠 필수다). 우린 고가의 차 두 대를 굴리는 성공한 부부가 되어있었다. 이미 성공의 선 폭죽을 터트린 것이다. 나란히 차를 몰고 나갈 일이 생기면 사람들이 다 우리만 부러운 눈으로 보는 것 같았고 할리우드 영화 속 배우 부부가 된 것처럼 하늘을 나는 것 같은 기분에 어깨춤이 절로 나왔다. 자동차 핸들도 내 지시에 따라 저절로 움직이는 것 같았다. 비싼 이자는 어깨춤을 출 수 있는 대가로 당연하게 홀홀 털어 드렸다. 거주하고 있던 신도시에는 엄마들의 치맛바람도 상당해서 아이들 학원 앞에는 수입차들이 줄지어 세워져 있곤 했다. 나 또한 그 무리에 속해 있다는 생각에 은근한 우월감이 올라오곤 했다. 그러나 점차 동시에 뭔가 불편한 기분이 들기 시작했다. 주변인들의 부러워하는 눈빛과 말들에 중독돼 가던 난, 마치 성공한 인생을 사는 것 같았지만 사실은 이 삶은 가짜라는 생각이 떨쳐지지 않았다. 차 두 대를 몰기 위해 매달 할부금을 낼 때마다 수입차를 유예 할부한 것처럼 내 삶 또한 렌트된 삶 같았다.

우리에게 수입차는 전혀 필요가 없었다. 아이는 걸어서 10분 거리의 유치원을 다니고 있었고 나는 엄마들과의 모임 때나 차를 몰았으며 남편 또한 비싼 기름값 때문에 차량 유지비로 길에 돈을 뿌리고 다니는 꼴이었다. 점차 저절로 돌아가는 듯 깃털같이 가볍게 느껴지던 벤츠 핸들이 돌처럼 무겁게 느껴졌고 아이 하교 때 수입차들 사이에 줄 서 있는 내 모습 또한 맞지 않은 옷을 억지로 껴입고 있는 것 같은 불편함이 밀려왔다. 차는 삶에 꼭 필요한 물품이지만 잘못 판단하면 사치품으로 전락해 버리고 만다. 나는 사치품으로 수입차를 몰고 다닐 만큼 성공한 여자도 아니었고 남편 역시 그 버거움을 느끼고 있었다.

벗어나고 싶었다. 결국 달콤한 유혹이었던 벤츠의 유예할부를 중도 상환해버렸다. 난 성공한 여자는 아니었지만, 정신은 제자리로 돌아온 여자였다. 빛나던 벤츠 마크는 나에게 많은 깨달음을 주고 진정한 주인을 찾아 떠나갔다. 너무 일찍 터트렸던 폭죽은 거둬들였고 주변의 물음표 가득한 시선에도 미소로 응했다. 그리고 내 취향에 맞는 다른 차를 예약했다. 귀엽고 실용 만점인 경차 레이다. 그 차를 볼 때마다 미소가 절로 나오고 나랑 은근히 잘 어울리는 차라는 느낌을 떨칠 수가 없다. 작은 몸집에 실용성을 겸비한 레이를 몰 때면 나에게 꼭 맞는 옷을 입은 것 같아 겨드랑이에 날개를 단 듯 자유자재로 이곳저곳을 누빌 수 있을 것 같았다. 레이는 유예할부가 아닌 나의 첫 정식 일반 할부 차이다(부끄럽지만 이점 자랑하고 싶다). 남편도 벤츠보단 레이를 모는 내가 더 잘 어울린다며 언제나 그랬듯이 내 선택에 박수를 보내준다.

집과 차는 절대 좁혀갈 수 없다고들 한다. 주변에선 어떻게 벤츠 대신 레이를 택할 수 있느냐며 자신은 쉽게 할 수 없는 선택이라고 한다. 그러나 차 하나 바꿨을 뿐인데 내게 미치는 그 효과는 엄청나다. 빈껍데기같이 보이는 삶이 아닌 내게 잘 어울리는 실속 있고 알찬 진짜 삶을 향해 한발 더 올라간 기분이다. 남의 시선에서 자유로워지니 내 삶이 풍요로워진다. 레이와 잘 어울리는 여자. 은근히 기분이 좋다. 멋진 한 쌍이 되어 산과 바다를 누벼보리라.

내조의 여왕 대신 나다운 아내

여자의 자존심
고백, 누나가 해줄게

첫눈에 꽂았다. 난 그를 낚아야 했다. 그의 선택 따위는 상관없었다. 나를 겨냥한 듯 칼각으로 다려진 단정한 셔츠, 더듬어보고 싶은 팔다리, 손길이 절로 갈 만큼 깔끔하게 정돈된 뒷머리, 나를 바라보는 듯한 선한 눈매, 애를 태우게 만드는 선 긋는 말솜씨…. 모든 게 나를 향해 있었다. 어디 숨었다가 이제 나타났을까. 나는 성큼성큼 다가가기 시작했다. 그는 대기업을 그만두고 새로 들어간 광고대행사의 본부장이었다. 첫 출근을 하던 날 그는 왜 이 회사를 택했느냐고 슬쩍 물어보았다. 그의 친절한 질문에 난 "본부장님 만날려구요."라고 방긋 웃으며 대답했다. 귀까지 벌게지며 당황하는 표정의 그가 오히려 귀엽게 느껴졌다. 이직한 광고대행사는 정말 만능로봇이 되어야 할 만큼 일이 넘쳐났다. 편했던 회사 때려치우고 이게 뭔 고생인가 싶을 때마다 마주치는 그를 보며 '저놈을 만나려고 내가 여기를 왔구나'라며 혼자 스산한 미소를 짓곤 했다.

대기업에서 갑의 자리에서 일을 해왔던 난 모든 기획팀의 업무를 받아서 하는 을의 자리가 때론 버겁게 느껴졌다. 디자이너를 하청 업체 부리듯 대하는 어느 예의 없던 과장과의 신경전에 분통이 터졌던 난 그 과장의 윗사람이었던 그에게 하소연을 빌미 삼아 사내 메신저를 남겼다.

"J 과장 때문에 제가 너무 힘든데 본부장님이 대신해서 술이나 한잔 사시죠?"

"제가 한 달 전에 쓸개 떼는 수술을 한 상태라 술을 마시기가 좀 그런데요….."(쓸개 없는 놈이었다)

"괜찮아요. 저 혼자 마셔도 되니 제가 말하는 장소로 나오시기만 하세요."

그렇게 내 오피스텔 바로 앞 술집으로 그를 불렀다. 얼떨떨한 표정의 그는 끌려 나온 듯이 술만 따라주었고 나는 그가 따라주는 술맛이 어찌나 달고 찰지던지 잘 취하지도 않았다. 그를 1차, 2차까지 끌고 다니다가 말짱한 정신관 달리 혀 꼬인 말투와 끈적끈적한 눈빛으로 그에게 말했다.

"본부장넘!!! 제집이 요기 바로 코앞인데 저 좀 데려다 주실래요오옹?"

당황한 표정의 그는 극구 거절했지만 어지러운척하며 난 그에게 들러붙었다. 그는 결국 내 우리 안으로 들어왔다. 집 안으로 들어온 먹잇감… 아니, 그에게 잠시 기다리라고 한 뒤 나는 흥얼거리며 샤워를 한 후 준비해놨던 섹쉬한 잠옷을 입고 우아하게 머리를 털며 나왔다. 그런데 욕실 밖으로 나온 난 뭔가 이상한 느낌이 들었다. 주위를 둘러보았다. 있어야 할 그가 그 어디에도 흔적조차 남기지 않고 사라져버렸다. 그놈이 튄 거다. 얼마나 조용히 신발을 들고 튄 건지 문소리조차 들리지 않았다. 그때 우리 집 강아지만 신나게 나를 보며 짖고 있었다. 난 다잡은 먹잇감을 놓쳐 버린 게 아쉬워 맥주를 들이켜며 울분에 휩싸였고 그는 어찌나 정신없이 도망을 친 건지 전화조차 받지 않았다.

다음날 출근하자마자 그의 자리를 봤더니 그는 내 눈을 피한 채 일하는 척을 하고 있었다. 눈에 불을 켜고 노려봤으나 그는 헛기침만 한 채 일에만 몰두했고 말을 걸어도 일 애기 말곤 더 이상 대화를 이어가지 않았다. 자존심도 다 버리고 달려들었건만 도망가버린 그를 보니 괜히 먼저 고백했다는 후회와 아쉬움 가득한 침만 흘려야 했다. 그렇게 고민하던 중 일주일이 지난 금요일 저녁, 사내 메신저가 울렸다.

"유 팀, 영화 볼래요?"

아니, 이자슥이 이제 와서 영화를 보자고 하네. 그럼 당연히 봐야지.

"네. 좋아요."
"그럼 유 팀이 예매해요."

아니, 이자슥이 영화까지 나한테 예매하라고 하네. 그럼 당연히 내가 해야지.

그렇게 그와 첫 영화를 보고 맥주를 한잔했더니 마침 비까지 쏟아져 분위기가 마구 올라왔다. 기회는 이때다 싶어 애교와 비음이 가득한 목소리로 그에게 물어봤다.

"비도 오는데 이 근처 본부장님 댁에 가서 한잔할까용?"

그렇다. 난 될 때까지 찍는다.

지독한 들이대기에 지쳤는지 그는 그러자고 했고 그날 밤 큰일을 벌여야겠다고 결심했다. 난 그를 향해 돌진했고 품고 있던 욕망을 활화산처럼 분출하며 그를 덮쳐버렸다. 그날 밤 그가 눈물을 흘렸는지 어쨌는지는 중요하지 않다. 그날 이후부터 우리의 연애와 동거는 동시 시작되었고 지금까지 15년을 함께하고 있다.

그와 똑같이 생긴 아이가 생긴 지금의 그는 좋은 남편이자 연인으로 내 곁을 든든하게 지켜주고 있다. 지금은 평생 을이 돼 버린 그에게 가끔 묻곤 한다.

"오빠, 그때 왜 도망쳤었어?"
"아하하하하… 하하하하… 하하…."

그는 지금도 이 질문만 나오면 그때처럼 도망을 다닌다. 오소희 작가의 《내 눈앞의 한사람》 책 속 한 문장이 생각난다.

'사랑에 고픈 자가 할 일은 다만
저 골목 어귀를 도는 일.
거기 따뜻한 체온을 지닌 사람이 있다.
눈을 맞추라. 이야기가 시작된다.
머물라. 그가 당신 안으로 들어온다.'

운명은 기다리는 자에게 스스로 다가오진 않는다.
내 거침없는 고백으로 난 그를 얻었고 그는 나를 얻었다.

결혼식
결혼식의 '식'을 내려놓다

　30대 초반, 이직한 회사에서 처음 그를 만났다. 우리의 동거는 5년간 지속되었다. 양가 부모님도 다 알고 계셨고 주변에서도 점차 결혼은 언제 하냐고 물어보기 시작했다. 주변 많은 지인들이 결혼식을 올리는 걸 보면서 신부가 등장하는 순간엔 나도 모르게 감동의 눈물을 흘리곤 했다. 나 역시 결혼식에 대한 로망이 있는 여자였다. 심은하가 입었던 웨딩 브랜드계의 명품이라는 베라왕 드레스를 입는 게 꿈이었고 그걸 입으면 심은하 못지않게 아름다울 것이라 상상해왔다(상상이다). 그런데 그 드레스를 막상 알아보니 하루 렌트 값만 몇백만 원이 넘어섰다. 결혼식의 필수코스인 스드메(스튜디오, 드레스, 메이크업)에 꽂혀 평범한 사람들이 입는 드레스와 예식장도 알아보았지만 스드메와 연관된 모든 것들은 눈알이 튀어나오게 비싼 것들뿐이었다. 웨딩 사진도 몇 군데 돌아다녀 보니 신랑, 신부들 포즈가 다 너무 똑같아서 같은 몸에 얼굴만 다른 합성사진을 보는 것 같았다. 아름다운 결혼식의 뒷면엔 당사자들의 노력과 고생들이 엄청나다는 것을 알게 됐다. 다툼 없이 잘 준비하는 경우도 물론 있으나 예비부부들 대부분이 결혼식을 준비하면서 스드메로 인해 서로 많은 상처를 주고받기도 하고 주위엔 파혼에 이르는 경우도 종종 있었다. 어떤 한 친구는 결혼식이 끝난 후 할부 비용이 나갈 때마다 결혼식을 매달 치르는 기분이라며 한숨을 쉬기도 했다.

우린 결혼'식'에 대해서 서로의 생각을 다시 얘기해보았다. 많은 돈과 에너지를 투자했을 때 우리가 얻는 건 무엇이고 잃는 것은 무엇인지, 결혼식을 하려는 진짜 이유는 무엇인지 서로 깊이 생각했다. 일생에 한 번뿐일 수 있으니까, 부모님 때문에, 남들이 하기 때문에 여러 이유를 따져보니 진짜 결혼식을 원하는지는 답이 나오지 않았다. 우린 이미 5년의 동거 기간이 있었고 충분히 서로 사랑했기에 결혼식의 유무로 인해 우리의 사랑이 변하진 않을 것이란 걸 알고 있었다. 아무리 생각해 봐도 결혼식이란 빅 이벤트를 둘 다 원하지 않았다. 우린 결국 결혼식을 하지 않기로 결정했다. 결혼식에 투자할 예산은 첫 전셋집 보증금에 보탰고 양가 부모님을 설득했다. 처음엔 불같이 화를 내며 반대하셨지만, 우리의 생각은 너무 확고했기에 결국 부모님도 포기 비슷한 허락을 해주셨다. 우린 바로 혼인신고를 했다.

주변인들의 축하해 주시는 마음까지 거절할 수는 없어서 다른 식사 자리를 마련했다. 우린 오랜 사내 커플이었기에 대표님까지 모신 어느 금요일 저녁 (소)고기 집을 빌려 회사 동료, 지인, 친구들과 함께 전체 회식을 했다. 회식 내내 우리는 두 손을 잡고 인사를 올리며 술과 고기를 함께 즐기며 먹었고 대표님께선 회식비를 축의금으로 대체해주셨다. 그리고 다음 날 바로 일상생활을 지속했다. 결혼식 사진은 그날의 전체 회식 사진이 되었다. 사진 속엔 많은 지인들이 편안한 일상의 옷을 입고 불판에 자글자글 구워진 소고기를 크게 한입씩 싸 먹고 있다.

"내가 살다 살다 이런 결혼식은 처음 본다. 멋지다, 둘 다!"
"신부가 먼저 고백했다더니 결국 이 본부장 이렇게 잡혀

가는구나!"

"같은 여자로서 많은 걸 보고 배웠습니다. 유 팀장님, 정말 존경합니다!"

나이가 있으신 분들은 다소 어리둥절하기도 했지만 모두들 결혼식 대신 회식을 선택한 우리만의 방식을 존중하고 축하해 주셨다. 한 분 한 분 우리에게 진심 어린 축하의 인사를 남겨주셨고 그때의 회식 겸 결혼식 사진을 볼 때마다 나는 참 감사한 마음이 든다.

주변 분들의 이해와 감사한 마음은 오랜 기간 여전히 잘 살고 있는 부부의 모습으로 갚아 나가고 있다. 그날 나는 화려한 스드메에 갖춰진 신부는 아니었지만, 그 누구도 쉽게 할 수 없는 내 인생 로망으로 남을 나만의 결혼식을 올렸다. 내 아이가 커서 내게 왜 결혼식을 하지 않았느냐고 묻는다면 대답해 주고 싶다.

엄마만의 방식으로 가장 성대한 결혼식을 올렸다고. 그날 엄마는 그 어떤 신부보다도 행복했다고.

명절문화
남녀불평등이 없는 우리만의 명절을

명절 D-7. 돌아버리겠다. 생각만 해도 숨이 막혀오고 머리가 지끈거리고 남편이 꼴도 보기 싫다. 남편도 싸한 느낌이 다가오는지 슬슬 눈치를 보기 시작한다. 이번엔 언제쯤 도착해서 언제쯤 빠져나올 수 있을까. 내 분량의 밥은 또 얼마큼이나 퍼주실까. 남기면 어머님 시선 집중 장난 아니던데. 남자들 먼저 다 떠주고 퉁퉁 불어 남는 만두들은 또 여자 밥상으로 가져와 우리가 다 먹어 치우자고 하시겠지. 숨이 답답해진다.

명절이 시작되면 남자와 여자의 역할은 확연히 갈린다. 아버님과 아버님의 형제들, 형제들의 아들들, 그 아들들의 어린 10대 자식들까지 남자란 남자들은 모조리 TV 앞에 붙어 있거나 핸드폰을 보면서 바닥과 일심동체가 되어선 애벌레처럼 방바닥을 기어 다닌다. 저렇게 누워만 계신 지 10년 차면 번데기로 진화될 만도 한데 명절은 생태계의 흐름도 멈추게 하는 마법이 있는 것 같다. 밥상 들어올 때 벌떡벌떡 잘 일어나는 거 보면 두 다리도 모두 멀쩡하신 것 같은데 왜 명절 내내 서 있는 모습을 한 번도 볼 수가 없는 걸까. 저렇게 누워만 계시는데 소화력들은 끝내주는지 상 치우고 한숨 돌릴 만하면 점심은 뭐 먹을지 또 물어보신다. 아, 징글징글하다 이놈의 명절.

여자들은 분주히 제사상의 음식들을 끝없이 만들어댄다. 고기류, 전류, 생선류, 나물류 등 냄새만 맡아도 질리는듯한 제사 음식들이 다 만들어지면 바닥을 기고만 있던 남자들은 갑자기 엄숙하게 일어나 옷매무새를 재정비하고 제사상 앞으로 다가와 절을 한다. 남자들의 절이 끝나면 부엌에 서서 고개를 숙이고 있던 여자들은 그제야 몇 번의 절을 올리고 그렇게 공식적인 명절 행사는 5분여 만에 마무리된다. 이 5분의 인사를 위해 여자들은 50가지의 음식 재료를 다듬고 50시간의 스트레스를 받는다.

그리고 곧 2차 본 행사가 시작된다. 부엌에 빠져있던 여자들은 다시 부지런히 움직이며 따뜻하고 예쁘고 고운 음식들을 먼저 남자들 밥상에 올린다. 시어머님의 밥그릇은 아직 밥상 위에 올라가지도 않았건만 시아버님의 식사 시작과 동시에 새파랗게 어린 10대 조카 놈까지 먼저 앉아 밥을 먹기 시작한다. 여자들은 그 옆 작은 밥상에 남은 음식들로 대충 차린 밥을 먹기 시작하고 먹는 와중에도 남자 밥상 시중을 드느라 편히 앉아있을 수가 없다. 식사가 끝난다고 끝이 아니다. 남자들의 식사가 끝날 무렵 대충 밥을 먹던 여자들은 다시금 일어나 남자 밥상 위 다 먹은 밥그릇들을 치우고 술안주들을 새로 나르기 시작하고 술상은 언제나처럼 길어진다. 새파랗게 어린 남자 조카 놈은 무뚝뚝이 일어나 자기가 먹은 밥그릇 하나 치우지 않고 핸드폰을 들고 사라지고, 동서의 어린 초등학생 딸은 엄마를 도와서 남자 밥상의 시중을 든다. 밥상을 치우는 어린 초등학생 딸을 보고 남자들이 얘기한다.

"어린 게 기특하네. 질부가 교육을 참 잘 시켰어."

씨알. 이게 웬 개뼈다귀 같은 일인가?
명절 때마다, 제사 때마다 시댁에서 겪는 모든 것에 대한 의문점들이 점점 더 생겨났고 난 매번 해가 갈수록 더욱더 울화가 치밀어 올랐다. 나는 누구를 위한 제사상을 차리고 있는 것인가? 이 제사상을 드신다는 남편 가문의 조상님들의 얼굴은 사진으로도 단 한 번도 뵌 적이 없다. 쉽게 말해 누구 신지 전혀 모른다. 얼굴을 몰라도 남편의 조상이시니, 고로 내 아이의 조상이시니, 조상을 잘 모셔야 자손들이 편한 것이니 정성스레 제사상을 차려야 한다고 한다. 그런데 왜 정작 남편 가문의 '진짜' 자손들은 다 누워서 꿈틀대고만 있고 부엌에는 정작 이씨 가문의 자손들은 한 명도 없이 모조리 성이 다른 여자들만 가득한 걸까. 남자들은 조상을 잘 모셔야 자손들이 편하다면서, 다른 가문 자손들이 다 차려준 밥상에 숟가락만 올려놓고 절을 하고 있다. 이씨 가문의 '진짜' 자손들은 어떻게 조상님들께 당당하게 자(신)손의 번창을 바랄 수 있는 걸까? 이렇게 차려지는 밥상이 과연 조상을 위한 마음을 담은 후손들의 정성스러운 밥상이라고 할 수 있는 것일까?

엄마를 따라 밥상을 치우던 어린 초등학생 조카에게서 아직 어린 내 딸의 모습이 겹쳐 보였다. 내 딸이 자라서 명절 때마다 나를 따라 밥상을 치우며 교육을 잘 받았다고 칭찬받을 장면이 떠오르자 미친 듯이 울화가 치밀어 올랐다. 이대로 내가 아무것도 하지 않는다면 나의 딸은 개뼈다귀 같은 문화를 당연한 모습으로 익히며 자랄 것이다. 끔찍했다.

　나는 내 딸에게 세상에 너의 자존감만큼 중요한 건 어디에도 없다고, 네가 너 스스로를 소중하게 생각해야 타인도 너를 소중하게 대해주는 것이라고 가르치고 있다. 그런데 정작 뿌리부터 잘못된 명절 행사에 관해서는 지금껏 '어쩔 수 없다'라는 남편의 저 한마디 말 때문에 당연히 겪어야 하는 일처럼 받아들이고 살고 있다. 바꿔야 한다. 명절 때마다 내가 가르치는 말과 다른 모습을 더 이상 내 아이에게 보여주고 싶지 않았다.

　구정을 앞둔 어느 날, 앞으로 명절엔 시가에 가지 않겠다고 남편에게 선언했다. 남편은 당황했다. 조금만 더 참아주면 어머님, 아버님이 더 이상 제사상을 못 올리실 때 명절 행사를 본인이 없애겠다고 나를 설득했다. 그렇지만 나는 단호했다. 그때가 5년 후인지, 10년 후인지 알 수 없었고 그때만을 기다리면 결국 맏며느리 순리대로 제사를 물려받게 될 것이 뻔했다. 그렇게 되면 나는 이 이해할 수 없는 명절 문화를 내 딸에게 평생 보여주며 살게 될 것이다. 남편과 대립하고 싶지 않아서, 집안의 분란을 만들고 싶지 않아서 계속 참아낼 이유가 없었다. 우린 '참아라, 못 참는다'를 반복하며 싸웠고 결국 남편은 내 생각을 받아들여 주었다. 매해 우리는 명절 때마다 시댁 문제로 싸움을 해왔다. 그 싸움은 해가 갈수록 심해졌고 갈등은 깊어졌다. 아마도 계속 이 문제를 해결하지 못하고 끌고 간다면 그 갈등이 우리를 곧 잡아먹게 될 것이란 걸 남편도 느꼈을 것이다.

"엄마, 아빠는 이 제사상을 죽어도 포기 못 한다고 하시고, 포비는 제사상을 죽어도 못 하겠다고 하니 나는 선택을 해야 해. 나는 포비와 결혼을 했고 당신은 내 와이프고 내 아이의 엄마야. 나는 우리 가정이 소중해. 내가 엄마, 아빠를 설득할게. 우리 앞으로 명절엔 가지 말자."

남편의 대답이었다. 갑작스러운 그의 대답이 믿기지 않을 정도로 고마웠다. 내 뜻을 받아준 남편에게 미안하면서도 너무나도 기뻤다. 남편도 힘들 것이다. 시부모님이 평생을 해오신 제사상을 본인 선에서 끊어야 한다는 입장이 얼마나 곤란할지 충분히 알고 있다. 하지만 남편은 현명한 사람이다.

그는 가족을 위해 가장 최선의 방법을 선택했다. 명절 행사를 안 한 지 이제 4년이 넘어간다. 처음 몇 번은 남편이 일로 핑계를 대고 안 가기 시작했고, 그리고 얼마 후 남편은 시부모님께 앞으로 명절과 제사 때는 가지 않겠다고 말씀드렸다. 많은 말이 오갔지만 다행인 건지 나에게 직접적인 말씀은 따로 없으셨다. 나는 어머님께 죄송한 마음은 있지만 말 그대로 그냥 그건 죄송한 마음뿐 그 이상 그 이하도 아니다. 남편은 그동안 시어머님께 몸도 힘드신데 매번 제사상을 차리지 말고 간소하게 일 년에 한 번 정도로 축소하거나 납골당으로 옮기자는 말을 많이 해왔다. 하지만 시어머님은 그럴 수 없다며 그 많은 제사상을 매번 몸이 아파 드러누우면서까지도 지금껏 해오셨다. 나는 시어머님이 안타깝지만 그건 시어머님이 선택하신 삶이기에 안타까운 마음 말고는 더 이상 내가 해드릴 것은 없다고 생각한다. 우리는 명절에는 참석하지 않지만, 그 전후로 찾아뵈며 따로 인사를 드리는 방식을 택하고 지금껏 그렇게 해오고 있다.

2년 전 시아버님께서 돌아가셨다. 시아버님의 제사상은 한적했고 초라했다. 평생 명절 때마다 친인척들을 불러 조상님 제사상을 올리고 사셨던 아버님은 막상 본인이 돌아가

시고 나자 아버님의 상을 올려주는 건 우리가 낸 돈으로 올리는 납골당 제사상뿐이었다. 아버님 기일 날, 남편 말고는 아버님 형제분이나 친인척분들은 단 한 분도 오시지 않았다. 아버님이 과연 그 납골당 제사상에 오셔서 제사 음식을 드셨을지, 드시러 오셨다고 하더래도 그 한적한 제사상에 마음이 어떠셨을지. 이건 아니라는 생각이 들었던 난 얼마 전 남편에게 말했다.

"다른 건 하지 않아도 시아버님 제사는 우리가 지내자."

시아버님이 돌아가신 기일 날은 자식으로서 시아버님을 추억하고 감사하는 시간으로 보내고 싶었다. 남편에게도 아버님을 추억할 시간을 주고 싶고, 내 아이에게도 엄마, 아빠가 부모님을 추억하는 모습을 보여주고 싶었다. 이것이 내가 원하는 명절 문화이다. 얼굴도 보지 못한 시댁 조상님들이나 이씨 가문의 남자들이 아닌 내 남편을 올바른 인성으로 키워주신 아버님께 감사하고 추억하고 애도하는 마음으로 명절 제사상을 올려드리고 싶다. 부모님의 삶의 방식이 우리 가족에게 대물려 힘들게 하는 부분이 있다면 그건 과감히 포기하거나 바꿀 수 있어야 한다. 좋은 아들, 효자 아들, 착한 며느리는 이제 그만 내려놓고 좋은 남편, 좋은 아빠, 현명한 엄마가 되어 잘 사는 모습을 보여드리는 게 결국 부모님이 진정으로 바라는 모습이 아닐까. 진정한 효란 허례허식이 아닌 마음으로 돌아가신 분을 그리워하고 그 시간을 함께 나누는 것이며 이것이 바로 명절 문화의 참된 의미이자 바른 효라고 나는 생각한다. 올 추석, 아버님의 너그러운 미소가 유난히 생각난다.

시댁용돈

돈 200이 누구 이름이니

●●●●

남편은 참 착한 사람이다. 시부모님도 참 좋으신 분들이다. 그런데 딱 한 가지 아주 큰 단점이 있었는데 바로 돈복이 없다는 것이었다. 열심히 사신 시부모님들의 삶을 한마디로 단정 지을 순 없지만 여러 우여곡절을 겪으셨다. 남편 역시 집안을 일으켜보고자 비장하게 했던 사업이 와장창 실패하게 되면서 어깨에 한가득 빚을 짊어지게 되었다. 마음씨 곱고 어리석었던 나는 돈은 모으면 되는 것이라며 남편의 각선미에 홀려 결혼했다. 우리의 첫 전셋집은 보증금 7천만 원이었는데 그마저 대출을 70%를 당겨 쓴 집이었다. 사회생활을 하며 내가 모았던 돈은 남편 어깨에 올라가 있는 빚을 덜어주는 데 쓰느라 여유가 없었고(그렇다. 난 천사다. 각선미에 반

한 천사) 아이를 낳고 난 후엔 외벌이가 되면서 허리띠를 온 몸통에 칭칭 조여가며 살아야 했다. 그래도 볼 때마다 므흣함을 안겨주는 남편의 각선미를 더듬으며 돈복은 없지만 대신 앞으로 살아가면서 돈으로 서로를 속이는 일만큼은 절대 하지 말자고 약속했다.

그 약속을 끝까지 지켜준다면 그건 진정 아름다운 부부겠지만 안타깝게도 우리 부부는 그만큼 아름답지 못했다. 여자의 촉은 왜 이리 잔인하도록 딱 들어맞는 것인지. 퇴근하고 씻으러 들어간 남편의 핸드폰이 그날따라 유난히 신경에 거슬렸다. 나란 여자 남편 핸드폰 막 훔쳐보고 그러는 여자 아닌데. 나 정말 그런 여자 아닌데 오늘따라 핸드폰이 나를 부르는 것 같으네? 그러니까 내가 훔쳐보는 게 아니라 핸드폰이 스스로 열려서 내게 숨겨진 비밀을 마구 털어놓고 싶어 하는 건데 그걸 거부하면 안 되는 게 아닐까 하며 난 그의 판도라 상자를 열었다. 다행히도 역시나 뭐 별거 없었다. 카톡도 다 일 얘기였고 통화목록이나 문자도 가족과 회사 사람 말고는 특별할 게 없었다. 나의 똥촉에 내심 민망해하며 핸드폰을 닫으려는 순간 남편과 어머님이 나눈 문자 내용이 문득 궁금해져 눌러 보았다.

"엄마 이건 포비한테 절대 말하면 안 돼요."

뭐…뭐라고? 뭔데 나한테 절대 말하면 안 되는 건데? 난 빛의 속도로 나머지 문자 내용들을 훑었다.

"엄마, 통장으로 200 넣었어요."
"고맙다. 쓸 곳도 많을 텐데. 잘 쓸게."

부들부들부들…. 그랬다. 남편은 어머님께 이 포비 몰래 용돈 200만 원을 보내드린 것이었다. 다른 것도 아니고 돈으로는 절대 서로 속이는 일 없도록 하자고 콕 집어서 약속까지 했는데 1~20만 원도 아닌 200만 원을 용돈으로 몰래 보내다니. 울화가 치밀어 오르고 눈알이 뒤집히는 것 같았다. 돈의 액수도 화가 났지만, 그동안 서로 나 몰래 돈을 보냈다는 사실에 시댁에도 내가 바보가 된 것만 같았다. 그리고 빠듯한 우리 집 살림을 뻔히 아시는 어머님께서 아무렇지도 않게 저 큰돈을 며느리 몰래 받으신 것도 너무 서운했다.

난 불을 뿜으며 화를 냈다. 발가벗겨서 드럼통에 넣고 바다에 던져버리고 말 것이라며. 각선미 하나 보고 결혼했더니

그렇게 남들 기준에 맞추며 살지 않아도 돼

돈으로 사람 속을 이렇게 뒤집어놓을 수가 있냐며. 불을 뿜으며 이혼까지 생각하는 나를 보고 남편은 겁에 질려서 털어놓았다. 사업했을 때 부모님께서 대출을 받아서 주신 돈이라 그 이자를 갚고 있는 것이라고. 한동안 드리지 못해서 몰아서 주는 바람에 그렇게 금액이 커진 것이라고 내 다리를 붙잡고 매달리며 한번만 살려달라고 빌고 또 빌었다. 부모님 대출이라니. 이 남자는 무슨 놈의 빚이 까도 까도 계속 나오는 것인지. 자기가 사람이 아니라 양파인 줄 아는 건지 눈이 시리고 코가 맵고 앞날이 막막했다. 남편으로 인해 벌어지는 생각하지 못했던 여러 경제적 상황들도 모자라 시댁에 돈까지 드려야 한다니. 이 모든 게 내게 큰 무거움으로 다가왔다. 내가 선택한 사람에 대한 확신이 갑자기 흔들렸고 내 삶에 대한 확신까지 함께 흔들렸다. 그렇다고 주저앉아 남편을 탓하고 내 선택을 탓하는 건 내 에너지와 내 삶을 더 허비하는 행동이었다. 남편은 이미 내게는 없어선 안 될 사람이자 내 가족이었기에 벌어진 문제부터 해결해야만 했다. 남편의 개인 카드와 통장을 다 잘라버리고 내 이름으로 모든 걸 돌린 후 남편은 체크카드만 쓰게 했다. 시댁에서 대출로 빌린 돈은 내가 융통할 수 있는 돈으로 갚아 드렸다. 그리고 시댁 용돈은 매달 20만 원으로 정해 드렸고 그 금액의 적음에 대해선

냉정하게 남편과 시부모님께 이해를 부탁드렸다.

이후 우린 돈으로 인해 싸우는 일은 없었다. 모든 걸 다 털어놓은 남편은 내 손아귀 위에서 오히려 체크카드를 쓰는 삶을 편하게 생각했고 우리는 양가의 대소사나 우리에게 의미 없는 일엔 최대한 돈을 쓰지 않았다. 우리 가족만을 위한 경제적인 부분을 항상 먼저 생각했다. 돈은 우리 곁에 오래 머무를 때도 있고 스쳐 지나가듯 사라져 버릴 때도 있다. 오래 머물러 줄 때는 그 시간을 즐기고 스쳐 지나가 버릴 땐 그 시간을 견디기 위해 노력한다. 어차피 영원히 내 것이 될 수 없는 존재를 지키려 하기보단 돈으로 오는 스트레스를 가족과 함께 나눌 수 있도록 서로의 마음을 보살핀다. 박혜윤 작가의 《오히려 최첨단 가족》에선 말한다.

몸만 다치지 않으면 해결 못할 일은 세상에 없다는 단순한 진리를 이제야 깨달았다. 삶이란 그렇게 영원히 실수와 문제를 해결하면서 사는 것이고, 삶의 어느 순간에도 해결해야 할 문제가 없는 날은 오지 않는다는 것도.

박혜윤 《오히려 최첨단 가족》

삶은 끝없이 일어나는 문제를 해결해 나가는 여정이다. 돈으로 인한 문제가 벌어졌을 땐 이것보다 힘든 일은 없을 것이라 생각하지만 그 일로 인하여 가족이 붕괴된다면 우리의 삶은 돈이 주체가 되어버리고 만다. 지금 당장 심장 떨리는 일도 내 곁에 있어 주는 가족과 함께 건강한 몸으로 헤쳐나갈 수 있다면 결국엔 풀어나갈 수 있다. 과거는 지나갔고 남편의 각선미는 여전히 내 곁에 남아있다. 한순간 감정에 휩쓸려 드럼통에 넣어버렸다면 우리의 미래도 드럼통과 함께 사라졌을 것이다. 남편과 함께 드럼 치는 걸 꿈꿀 수 있는 지금이 좋다.

결혼기념일
호박 터지는 전쟁기념일

　10월 31일은 호박이 미소 짓는 핼러윈데이다. 그리고 또 하나의 역사적인 기념일. 바로 우리 부부의 결혼기념일이다. 핼러윈데이에 결혼을 한 건 아니고 앞서 말했듯이 우린 결혼식을 따로 올리지 않았다. 대신 우리도 나름 부부라는 증거 사진 하나 남겨놓지 않으면 남편이 총각행세하고 다닐지도 모른단 생각에, 날 좋은 가을날 부부 됨을 기념하는 사진을 남기기로 했었다. 난 인터넷으로 하얀 원피스와 꽃다발을 하나 주문했고 남편은 리본 타이만 하나 구입해서 셀프촬영을 했다. 화려한 결혼식장의 사진은 아니었지만 조촐하면서도 의미 있게 결혼을 기념하는 사진을 찍었다. 핼러윈데이라는 건 그땐 전혀 의식하지 않았기에 호박들이 떠다니고 귀신들이 사탕을 씹어대는 날이라고 해도 별로 신경 쓰지 않았다. 그런데 호박이 저주를 내린 것일까. 결혼 후 우린 결혼기념일만 되면 호박 터지게 싸워댔다.

나는 우리가 정식 결혼식은 하지 않았지만 그래도 좋은 추억과 어여쁜 사진을 남긴 10월 31일을 결혼기념일이라 여기고 챙기고 싶었다. 하지만 남편은 기념일이라면 경기를 내며 싫어한다. 연애할 때부터 기념일 챙기는 일로 자주 싸웠던 우리는 결혼 후 매년 결혼기념일만 되면 한해도 빼먹지 않고 박 터지게 싸웠다. 기념일이라고 해서 내가 무슨 큰 선물을 바라는 것도 아니고 서로 축하해 주고 편지 한 통이라도 써주면 된다고 수없이 외쳐대고 개처럼 짖어도 보고 물어도 봤지만, 남편은 매년 변함없이 결혼기념일만 되면 일이 생기곤했다. 야근은 기본이었고 그날따라 안 좋은 일이 생기거나, 사건 사고가 나거나, 몸이 아프거나, 이도 저도 아닐 땐 힘들고 슬픈 일이 생겨서 기념일까지 챙길 정신이 없었다며 매년 핑계를 댔다. 난 남편을 도저히 이해할 수가 없었다. 어느새 15년 차인 결혼생활을 아직도 인정할 수 없는 것인지, 그날 하루 챙겨주면 온몸에 두드러기가 나는 건지 도대체 저 인간… 아니, 저 남편의 심리를 이해할 수 없었다. 기대하지 않으면 그나마 나을 텐데 번번이 혹시나 하는 마음에 실낱같은 기대를 했고 결국 매해 우리의 결혼기념일은 전쟁기념의 날로 바뀌어 버리곤 했다.

　우리는 그동안 많은 일을 함께 지나왔고 작년 제주로 내려오면서 수많은 것들을 버리고 바꾸며 살고 있다. 제주가 내 생각을 바꿔준 것인지 아니면 세월이 내 생각을 바꿔준 것인지 올 결혼기념일은 전과 다르게 다가왔다. 더 이상 결혼기념일을 전쟁기념일로 만들고 싶지 않았다. 꼭 어떤 기념일이 아니어도 매일을 소중하게, 감사하게 보내려 노력 중인데 어떤 날짜에 의미를 부여하고 스트레스를 받으면서까지 기념해야 하는 건지. 이젠 더 이상 '기념일'이란 단어에서 벗어나고 싶어졌다. 그동안 자존심 때문에 기념일에 하고 싶은 걸 먼저 얘기한 적이 없었다. 항상 남편이 기억하는지, 안 하는지 마음 졸이며 지켜봤고 혼자 기대하면서 또 실망하곤 했다. 필요 없는 자존심으로 인한 참으로 어리석은 행동이었다. 내가 원하는 날이라면 내가 챙기면 되는 것이었다. 그걸 꼭 남편의 손을 통해 내 생각대로 잘 행동하는지 감시하듯 지켜볼 필요는 없는 것이었다. 원하는 게 있으면 얘기를 하고 의견이 맞지 않다면 나는 내가 할 수 있는 일을 하면 된다.

남편에게 먼저 얘기를 꺼냈다. 이번 결혼기념일엔 아이가 좋아하는 파스타 집에 가서 맛있게 저녁을 먹으며 보내자고. 그동안 결혼기념일에 선물을 받고 싶어 했는데 생각해 보니 무엇을 원해서가 아니었다고. 그 마음은 실은 반복되는 싸움으로 인해 생긴 내 오기나 집착과도 같은 것이었다고. 아마도 그로 인해 남편에겐 더더욱 하기 싫은 일이 되어버렸다는 것을 이젠 이해할 수 있다며 앞으론 의미 없는 신경전은 그만하자고 얘기를 꺼냈다. 기념일 얘기에 남편은 약간 긴장하는 듯했으나 솔직히 털어놓은 내 얘기에 공감하고 미안해했다. 기념일만 다가오면 예민하게 행동하는 나에게 맞추기가 힘들었고 그러다 보니 축하해야 하는 기념일이 점점 부담스러운 날로 다가와 피하게 되었다고 했다. 처음으로 그의 마음을 이해할 수 있었다. 드디어 우린 그동안 매해 우리를 눌러왔던 기념일이란 단어에서 벗어나고 있었다.

올 결혼기념일에 남편은 인생 첫 꽃다발을 사 왔다. 이제 필요 없다고 마음먹은 순간 무언갈 사온 걸 보니 저 남편이 변태 끼가 있는 건지, 정신줄을 놓은 것인지 순간 무서웠지만 어쨌든 그의 변화가 놀랍고 고마웠다. 그렇다. 난 스스로 기념일의 저주를 만들어 허우적대고 있었다. 더 이상 호박만 봐도 화가 나는 호박 기념일에 목숨 걸지 않고 우리만의 결혼기념일을 다시 한 해 한 해 쌓아가려 한다. 내년엔 내가 먼저 꽃다발을 준비해 봐야겠다. 제주 가을 느낌이 물씬 풍기는 억새꽃 한 다발 뜯어 입에 물고 그에게 다가가야지. 두려움에 뒷걸음칠 남편의 모습이 벌써 설레 온다. 제주 미세스 억새꽃녀의 가을을 기대하시라.

섹스
부부관계에서 연기는 이제 그만

아이를 낳기 전 우리의 성생활은 활발했다. 그러나 육아 시작 후 나에겐 만사 귀찮은 일거리가 돼 버렸다. 하루 종일 아이와 집안일에 모든 걸 쏟고 나면 내 머릿속엔 아무것도 남아있지 않았다. 겨우 찾아온 내 시간을 남편과 함께 또 나눠야 한다는 게 언젠가부터 싫고 부담스럽기만 했다. 징징거리는 그 때문에 어쩌다가 합궁을 한 날도 내 머릿속은 딴생각들로만 가득 차 있었다. 남편에겐 남자로서의 자존심 때문인지 섹스란 성심성의껏 여러 자세로 몸을 굴려가며 오래 열정적으로 해야 한다는 착각이 있었다. 그래야 정력이 좋은 남자일 것이란 착각 말이다. 남편의 성적 자존심을 깨부술 수 없던 난 그의 열정적인 섹스에 만족한 듯 포효의 응답을 해

쥐야 했고 이 정도의 연기력이면 19금 영화 여우주연상감도
충분할 것이란 생각도 들었다.

연애 시절엔 오히려 호시탐탐 기회만 엿보던 암사자 같았
던 나였기에 남편을 탓할 수만도 없었다. 남편은 오히려 갑
자기 변해버린 내게 말 못 할 서운함만 쌓여갔다. 우린 대화
가 필요했지만 부부관계에 대한 얘기는 어떤 말부터 꺼내야
할지 괜히 무안하고 민망했다. 잘못 말을 꺼냈다간 그의 성
적 자존심에 스크래치를 낼 것 같았고 좋은 결론이 나올 것
같지 않았다. 섹스 문제는 다른 부부들 사이에서도 말은 하
지 못해도 어느 정도는 품고 있는 고민거리라고 한다. 오죽
하면 성격 차이에서의 '성'이 부부간의 성관계를 지칭한다는
말이 있을까. 남녀 간의 성관계에 대한 생각의 차이에 대해
서 아내성연구소 박소영 소장은 이렇게 말한다.

'은은한 타악기 음악을 들으며 리듬을 타줬으면 하는데,
남자들은 올림픽에 출전한 선수처럼 승부욕에 불타 아
내를 잡아먹을 듯이 무섭게 돌진하고 세게 문질러 댄다.'

속앓이만 할 수는 없었다. 더 이상 참지 않고 솔직하게 말

하기로 결심했다. 딸아이가 잠든 어느 날 밤, 술을 한잔 들이키며 말을 꺼냈다.

"오빠, 우리 부부관계…."
"부부관계? 왜?"
"5분이면…"
"뭐라고? 뭐가 5분이면?"

나는 두 눈을 질끈 감고 외쳤다.

"5분이면 난 충분해! 이왕이면 여성 상위자세로!"
"뭐… 뭐라고?"

던져낸 말들을 다시 풀어서 얘기하기 시작했다. 나에게 오빠란 굳이 정열적인 섹스를 나누지 않아도 마음 깊이 스며든 깊은 사랑과 신뢰가 있는 사람이라고. 사랑이 식어서 섹스가 싫어진 것이 아니라고. 세월이 흘러가며 젊은 시절 몸으로 나눠야만 느낄 수 있었던 사랑을 지금은 함께 잡고 있는 손만으로도 충분히 느낄 수 있다고. 그리고 덧붙이자면 섹스 시간이 길어지면 내가 몸이 좀 힘들어지니 이왕이면 짧고 굵게 5분 정도면 좋겠다고 편하게 얘기했다.

대화를 나누다 보니 그의 서운한 마음도 충분히 이해가 됐다. 그동안 내가 아무런 말도 없이 싫은 내색만 계속해서 그도 많이 서운했을 것이다.

그도 편안하고 솔직하게 대답했다. 부부관계가 아니어도 애정표현조차 내가 피하는 것 같아서 마음이 더 좋지 않았다고 한다. 단단해 보이던 그에게도 사랑의 표현이 필요하단 걸 느낄 수 있었다. 굳이 섹스가 아니어도 다정한 스킨십으로도 많은 표현을 하기로 했고 짧은 섹스가 좋다는 얘기에 그는 오히려 반기는 듯했다. 그는 아직도 내가 정열적인 섹스를 원하는 줄 알았다며 만족시켜줘야 한다는 생각이 한결 덜어져서 편하다고 했다.

함께한 지 15년이 넘어가고 있다. 나는 40대 중반, 남편은 어느새 50대로 들어섰다. 이젠 젊을 때처럼 열정적인 섹스는 하지 않지만 그 자리를 다정한 손길과 토닥임으로 채워 나가고 있다. 앞으로도 많은 변화와 여러 일들이 우리 앞에 놓이겠지만 그때그때의 상황에 맞춰 잡은 두 손 다시 한번 꼭 붙잡고 유연하게 헤쳐나갈 것이다. 우리는 여전히 가끔은 싸우지만, 서로를 원하고 사랑한다. 짧고 굵게 5분간 서로를 마음껏 취한다.

고액연봉
돈 대신 당신이 있어 줘

　남편은 15년 차 광고대행사 임원이었다. 다른 임원들과
는 다르게 남편에게는 왠지 모를 친밀감을 느꼈다. 차가운
척하면서도 나에게만 보이는 따뜻함이 좋았고 매너 있는 행
동과 가끔 웃을 때 보이는 다정한 눈웃음이 좋았다. 전체적
으로 얇고 깨끗한 그의 뒷모습이 아무 이유도 없이 머릿속에
각인되었다. 아이를 낳은 뒤 나는 회사를 자의 반, 타의 반으
로 관두게 되었고 남편은 점점 더 바빠졌다. 다정했던 그의
말수는 줄어갔고 예민해졌으며 아이와 함께하는 시간 같은
건 기대조차 하지 못했다. 남편은 휴가도, 연차도 쓰지 못했
다. 아래 직원들도 쓰지 못하는데 본인이 쓸 수는 없다고 했
고 난 그것조차 화가 났다. 우리는 각자의 자리에서 서로를

향해 화만 냈다. 저체중으로 태어나 고열이 자주 나던 아이는 일 년에 한두 번은 꼭 입원을 했고 그때마다 남편은 언제나 우리 곁이 아닌 회사에 있어야 했다. 밤낮없이 예민한 아이를 혼자 키워야 했던 나에게는 그를 들여다볼 마음의 여유 따윈 전혀 있지 않았다. 오히려 나와 아이를 돌보지 않는다며 남편에게 화내고 울며 모든 스트레스를 풀었다.

아이가 고열로 경기 일으켜서 한밤중에 응급실에 가던 날 남편은 아주 오랜만에 하루 연차를 냈다. 병원에서 아이 걱정으로 바들바들 떠는 나보다 그의 바지 주머니 속 핸드폰 진동이 더 징하게 바들바들 울려 댔다. 남편은 전화를 받으러 밖으로 나갔고 통화가 길어지는 그에게 서운했던 나는 남편을 찾으러 밖으로 나갔다. 뭐 하냐며 뒤통수를 후려치려던 찰나였다. 남편의 휴대폰 너머 윗사람의 고성이 들리고 있었다. 이 바쁜 시기에 무슨 연차냐며 아이가 아프면 쉬어도 되는 거냐며 당장 튀어오라는 목소리는 나에게까지 들려왔다. 그는 끝없이 변명하고 사과하고 머리를 조아리고 있었다. 분노를 가라앉히고 쳐다본 그의 뒷모습은 어느새 많은 부분 바뀌어 있었다. 잘 다렸던 면바지는 낡고 구깃거렸고, 가지런히 모여 있던 뒤통수의 머리칼들은 여기저기 흩어진 채 비어가는 정수리를 보여주고 있었다. 나는 그 순간 마음속에서 깊은 울림을 느꼈다. 순간 휴대폰 너머 윗사람에게 소리치고 싶었다.

'아기가 아파서 연차 쓰고 병원 온 게 그렇게 잘못이요!!! 15년간 연차 한번 못 쓰고 밤낮으로 개고생 했는데 이렇게 인정머리 없고 소름 끼치는 회사 내가 때려치우라고 하고 말겠어!!'

난 많은 생각과 고민을 했다. 이 회사를 그만두면 남편은 실패자가 되는 것인지, 지금의 연봉을 받을 수 없게 된다면 우리 가족이 정녕 생활을 지속할 수 없게 되는 건 아닌지 고민하고 또 고민했다. 명쾌한 답이 내려지진 않았다. 그러나 난 더 이상 힘들어하는 그를 그냥 둘 순 없었다. 남편은 어디에서든 충분히 인정받을 사람이라는 걸 난 마음 깊이 믿고 있었다. 그는 회사에서도, 집에서도 죄인이었다. 외롭고 지쳐 보였고 그에게는 아무 선택권이 없었다. 그냥 참고 또 참으며 하루하루를 버틸 뿐이었다. 난 결심을 굳혔고 얼마 후 남편에게 말했다.

"오빠, 긴 시간 동안 오빠는 최선을 다했어. 더 고민하지 말고, 나한테 미안해하지도 말고 회사 그만둬버려."

"그렇게 쉬운 일이 아니잖아. 지금 연봉에 맞춰 재취업이 쉽지도 않을 거고…."

"연봉을 낮춰서 다시 알아보면 돼. 그렇게 인정머리 없는 회사 공중제비 두 번 돌며 오빠가 시원하게 날려 차버려. 오빠 충분히 그래도 돼."

남편의 표정은 불안하고 혼란스러워 보였으나 눈빛 속 어딘가에서 안도감 같은 감정이 일렁이는 게 느껴졌다. 그는 내게서 가장 듣고 싶은 말을 들었다며 오히려 고마워했다. 남편의 그 눈빛에 내 머릿속 많은 고민들이 오히려 빠르게 정리되었다. 우린 15년간 일해 온 이 회사와의 인연이 거의 다 끊어져 간다는 걸 서로 알고 있었다. 알면서도 남편의 나이, 경제적인 부분을 동반한 여러 현실적인 문제들 때문에 외면하고 매달렸다. 인연이 다한 곳은 떠나야 한다. 고여 있던 곳을 떠나야 새로운 곳을 찾을 기회가 주어진다.

생활권을 바꿔서 모든 걸 다시 시작하고 싶었던 시기였다. 남편이 회사를 그만두게 되면서 오히려 우리에겐 거주지를 바꾸는 것에 자유로움이 생겼다. 많은 고민과 대화 후 그동안 꿈꿔왔던 제주로 내려가기로 마음먹었고 더 이상 지체하지 않고 제주로 이사를 했다. 이주 후 '사람인'과 '잡코리아' 등등에 이력서를 내면서 남편은 불안해했다. 그럴 때마다 우린 불안에 잡아먹히지 않기 위해 최대한 서로 조심했고 최대한 서로 배려하면서 밤에는 술을 벌컥벌컥 들이켜며 근심 걱정을 덜어내는 데 집중했다. 역시 내 남자. 제주 온 지 얼마 안 가 좋은 곳과 새로운 인연이 시작되었다. 어느새 근무한 지 2년이 되어가는 남편의 제2의 회사는 좋은 사람들과 함께 진취적으로 일을 할 수 있는 곳이다. 비록 연봉은 경차 한 대 값만큼 깎였지만 우린 제주로 이주 후 마트 말고는 쇼핑은 하지 않고, 집 대출도 없고(카드값은 넘쳐난다. 넘어가자) 음식을 시켜먹지 않으니 식재료값도 덜 들고 있다. 게다가 난 쓰지도 않던 가계부도 쓰게 되면서 줄어든 연봉만큼 소비 습관이 바뀌어 예전 생활과 크게 다르지 않은 삶을 산다.

비우면 다른 무언가가 그 자리를 채워준다. 고액 연봉을 내려놨지만 그 자리엔 더없이 소중한 것들이 채워지고 있다. 남편의 일정한 출퇴근 시간 덕분에 퇴근 후 저녁을 함께 할 수 있는 선물 같은 시간이 주어졌다. 스트레스도 많이 줄어들었으며 아이는 아빠가 퇴근 후 집에 돌아오는 시간을 매일 설레하며 기다린다. 회사를 위해서 일을 하는 게 아닌 진정 우리를 위해서 일하고 그에 맞는 소비를 한다. 나이 50에도 이직은 가능하다. 제3의 기회, 제4의 기회는 살아있는 한 계속된다. 버리고 비우고 믿고 도전했더니 결국 우리에겐 새로운 오늘이 함께한다.

내 소유의 집
발 뻗고 누운 이곳이 내 집

남편과 나는 쭉 서울에서 살아왔다. 결혼을 하고 아이를 키우면서 우리 부부의 목표는 다른 보통 부부들처럼 저 높은 곳을 향해 달리는 것이었다. 저 높은 곳에는 적어도 내 이름으로 된 집과 그에 어울리는 수입차 정도는 장기렌트를 해서라도 있어야 할 것 같았다. 남편은 휴가도 연차도 없이 1년 내내 쉬지 않고 일을 했고 나 또한 집과 차를 제외한 다른 모든 것엔 소비를 줄이며 내 소유로 된 집을 만들려고 노력했다. 아이 수준 역시 집과 어울리게 만들어야 했기에 남들 따라서 사교육도 시키고 좋은 유치원도 보냈다.

처음 내 집과 빛나는 수입차를 마련하는 날 우린 결승선에

다 온 것이라 생각했다. 잠시 잠깐 승리의 기분을 느꼈다. 그런데 뭔가 부족했다. 다시금 눈이 돌아가기 시작했다. 이번 결승선은 왠지 결승지점이 아닌 반환지점 같았다. 그래서 더 좋은 학군과 더 좋은 생활권이 있는 곳으로 다시 달렸다. 우린 얼마 안 가 눈에 들어오는 집을 찾아내 취향에 맞춰 뜯어고쳤고 어디에 내놓아도 빠지지 않을 듯한 우리 집을 만들어냈다. 만족스러웠다. 인테리어는 고급졌으며 나는 성공한 여자가 된 것 같았고 우리 가족은 완벽해 보였다. 이사하느라 영혼까지 박박 끌어써서 늘어난 집 대출금 따위는 이런 고급진 집에 살면서 내야 하는 응당한 대가라고 생각했다. 집을 가진 사람이라면 다 이 정도의 대출금은 기본적으로 갖고 있다고 생각했다. 우린 우아하고 완벽해 보였다.

'그렇게 그들은 행복하게 잘 살았습니다' 하고 끝맺을 수 있다면 얼마나 아름다운 결말이었을까. 결승선 안에 들어온 남편은 이미 너무 지쳤고 나의 두 눈은 무섭게 충혈되어 있었다. 지쳐있는 우리를 바라보는 아이는 숨 막히는 분위기 속에서 눈치를 보며 엄마, 아빠를 쳐다볼 뿐이었다. 우리는 집을 받들고 살았다. 모든 걸 바친 집이니 집이 제일 소중했고 집이 가장 우선이었다. 그런데 그 소중한 집을 받들고 사는 삶이 뭔가 자꾸 나와 맞지 않았다. 지내면 지낼수록 교육관도 소비패턴도, 삶의 가치도 그 집과는 뭔가가 자꾸 맞지 않아 삶이 어긋나는 듯했다. 그래도 이곳은 결승선 안이니 그 안에 나를 맞춰 넣어보려 애를 썼지만 애를 쓰면 쓸수록 나라는 사람은 작아지고 집은 더 거대해져 갔다. 그때 마침 고민이 있을 때마다 읽고 또 읽었던 박혜윤 작가님의《숲속의 자본주의자》를 다시 읽게 되었고 그 속에서 내가 원하는 답을 찾았다.

'내가 식물이 아니고 동물인데, 왜 뿌리를 내리려고 했을까? 내가 사는 동안은 내가 사는 곳이 가장 좋은 곳이고 그게 아니라면 어디로든 갈 것이다. 그러려면 아름다운 집이 짐이 된다.'

박혜윤《숲속의 자본주의자》

난 내 소유로 된 집이 무거워졌고 그곳에 더 머물다간 내가 집의 소모품이 되어버릴 것만 같았다. 결국 내가 있어야 할 이유가 사라져버리자 집이란 건 그냥 그곳에 남겨두고 나와야 하는, 영원히 내 것일 수도 없는 그저 무늬만 멋진 집일 뿐이었다. 나는 이 끝없는 경주를 그만 포기하기로 마음먹었다. 아무리 생각해봐도 무엇을 위해 달려왔는지 그 답이 나오지 않았고 그건 포기하고 변해야 할 때가 됐다는 신호였다. 경주를 포기하기로 한 나 스스로를 인정해주고 내게 맞는 집이 무엇인지 고민했다. 나에게 집이란 내 가족 모두 함께 마음 편히 쉴 수 있는 곳이다. 이것이 바로 내가 살고 싶은 진정한 '내 집'의 의미였다. 매년 머리가 복잡해질 때마다 찾았던 제주가 자연스레 떠올랐다. 나도 그 속에 머무르고 싶어졌다. 제주만의 풍성한 자연환경과 무심한 듯 다정한 도민들의 삶을 볼 때마다 지친 마음에 힘을 얻는 것 같았다. 그렇게 추운 어느 겨울날 제주로 이주했다. 제주에 집을 산 것도 아니었고, 남편이 일자리를 구한 것도 아니었다. 우리 세 가족은 아무것도 손에 쥐지 않은 상태였지만 우리가 가장 편히 머물 수 있는 곳이 어딘가에 중점을 두었다.

결국 우리 가족에게 딱 맞는 작은 주택을 만나게 되었고 연세로 어느새 2년째 거주 중이다. 아이가 신나게 뛰어놀 수 있는 계단과 마당이 있고 남편이 이직한 회사와도 가까워 퇴근 후 아이와 매일 저녁 시간을 함께할 수 있다. 집 앞 작은 마당에서는 물놀이를 할 수 있고 세 가족만을 위한 작은 바비큐 파티도 할 수 있다. 2층 작은 베란다에서 보이는 제주 하늘은 내가 이곳에 머무르는 시간만큼은 내 것이 되어주고 있다. 내 소유의 하늘도, 내 소유의 집도 아니지만 매일 아침 트인 제주 하늘을 바라보며 자연에 감사한 마음을 느낀다. 주말엔 집 근처 발길 닿는 데로 작은 오름들을 오른다. 아이의 사교육 역시 내려놨기에 비교나 경쟁에 휩쓸리는 시간 대신 자연과 함께 더 많이 웃게 되었고 남편과 나 역시 집을 이고 사는 게 아닌 집을 느끼고 활용하고 즐기며 지내고 있다.

내가 선택하고 지금 내 마음이 편한 이곳이 가장 아름다운 '내 집'이다. 시간이 흘러 상황에 따라 또 다른 집이 우리를 부른다면 우리는 언제든 떠날 준비가 되어있다. 집은 소유가 아닌 쓸모에 의해 어디서나 존재하므로. 나는 뿌리가 있는 식물이 아니기에 나와 꼭 맞는 곳이라면 어디에서든 머무를 수 있다.

청소
청소할 시간에 책 한 줄을

난 청소에 무지했다. 결혼 전 혼자 산 기간만 거의 10년이
되는데도 그 10년간 내 방을 청소해본 기억은 거의 없다. 친
구와 술을 워낙 좋아했던지라 내 원룸은 대부분 친구들과 술
병이 함께 뒹구는 모습이 일상이었다. 음식도 대부분 배달
음식이나 편의점 음식을 털어먹곤 해서 부엌이란 존재는 쓰
레기를 모아두는 곳이었을 뿐 요리를 하거나 음식을 먹는 곳
은 절대 아니었다. 사람은 적응의 동물이기에 그땐 그 삶이
더럽다거나 개선돼야 한다고 생각해 본 적도 없었고 내 작은
공간이 마냥 좋았고 자유로웠다. 남편을 내 원룸으로 꼬셨을
때도 난 내 작고 깜찍한 원룸을 보면 나에 대한 호감도가 더
올라갈 것이라 자부했다. 그런데 남편은 내 원룸을 보고 기

겁했다고 한다. 문을 열고 들어가자마자 부엌 싱크대 위에서
이제 그만 버려달라고 외치는 쓰레기 봉지와 바닥을 뒹굴고
있는 빈 술병들과 발을 디딜 때마다 밟히는 과자부스러기들
은 어느 노숙자님이 보신다면 "언빌리버블!" 하며 외칠 만한
집이었다. 왜 같은 집을 두고 기억하는 게 이렇게나 다른 것
인지. 내 기억으로는 부엌에 있는 쓰레기 봉지는 고작 일주
일밖에 안 된 것이었고 바닥에 있는 술병들과 과자들 역시 오
늘 주워 먹으려고 곱게 아껴둔 것인데. 남편의 깔끔함은 그
수준이 상당한 것 같다고 생각했다.

남편은 무척 깔끔한 사람이었다. 집에 들어오자마자 현관
에 있는 신발부터 정리하고 들어오는 사람이었지만 나란 여
자에게 청소를 강요했다간 빗자루로 두들겨 맞을 거라 예상
했는지 내게 강요는 하지 못하고 홀로 청소를 하기 시작했
다. 이렇게 말하니 남편이 무척 좋은 사람인 것 같지만 그렇
지 않았다. 쿨하지 못하게 자꾸 내 뒤꽁무니를 졸졸 따라다
니며 내가 밟은 부분과 내가 앉아 있는 곳을 굳이 쓸고 닦으
면서 내게 눈치를 주셨으므로. 물론 난 굴하지 않고 왼쪽 엉
덩이 오른쪽 엉덩이를 순서대로 들어주면서 그의 청소에 적
극 응해주었다. 남편은 나랑 살면서 평생 청소만 하다가 죽

을 것이라 예상했다고 한다. 그랬다. 나 역시 내가 청소를 하게 될 날은 절대 오지 않을 것이라 생각했다.

그랬던 나였는데, 어느 날 작고 소중하고 연약한 아기라는 생명체가 태어나면서 모든 게 뒤바뀌게 되었다. 이 작고 소중한 아기는 밖에도 나가지 않는데 감기부터 장염, 독감 등에 자꾸만 걸려댔고 그럴 때마다 난 집 안에 숨어있는 세균 때문에 내 소중한 아기가 아픈 것이라며 양손에 청소도구를 잔뜩 든 채 온 집안을 쓸고 닦아댔다. 거의 무균실이 따로 없었다. 아기가 손댈 리도 없는 부엌 2층 선반부터 벽장, 옷장, 세탁실까지 모조리 출장 청소업체처럼 매일매일 닦아댔다. 난 남편을 거대한 세균 숙주로 여겼고 남편이 퇴근할 때마다 신발부터 온몸에 소독제를 뿌려대며 머리부터 발끝까지 매일 씻지 않으면 아이 곁에는 얼씬도 못 하게 했다. 아마도 세스코에서 날 보았다면 방역, 방범, 세균박멸을 한 번에 해주는 놀라운 인재라며 바로 스카우트 해갔을 것이다.

이후 브랜드 아파트를 리모델링해서 들어가게 되었고 난 집이 너무 소중했기에 한 톨의 먼지도 허용하지 않고 매일 집 안 곳곳을 갈고닦으며 살았다. 아이가 어렸을 때는 아이의 건강 때문이라는 이유가 있었으나 그 이후부터는 집을 사랑했기에 집을 위해서 매일 청소를 했다. 난 그때 아무래도 집귀신이 붙었던 것 같다. 거의 집의 시종이었다. 현관에 떨어진 머리카락 한 가닥이 보기 싫었고 곱게 꾸며놓은 집에 얄밉게 내려앉는 먼지들과 고양이 털조차 다 쓸어버리고 싶었다. 그때 누군가가 내게 "지금 무엇을 위해 살고 있으신가요?"라고 물어봤다면 난 이렇게 대답했을 것이다. "당연히 집을 위해서지요. 오늘도 닦고 내일도 닦고 온몸이 부서지도록 닦고 쓸고 사랑할 거예요!"라며 눈에 광기를 품고 걸레짝을 든 채 소리쳤을 것이다.

다행히도 더 미치기 전에 난 정신을 붙들고 제주로 이주를 했고 지금 우리 집은 아주아주 프리하다.

현관? 신발이 짝짝이로 놓여있는 것 같은데 나머지 한 짝을 도저히 찾을 수 없다.

바닥에 머리카락? 언젠간 다 쓸어 모아서 라푼젤 머리처럼 땋아줄 것이다.

설거지? 그릇이란 자고로 모아뒀다가 씻어야 설거지할 맛이 나는 법. 개수대가 넘칠 정도로 찰지게 모은다.

집안에 먼지? 먹고 마시고 사랑하고 있다. 먼지란 날아오면 날름 먹는 것이다.

제주로 왔다고 갑자기 정신이 돌아온 것은 아니었다. 집의 용도와 그 쓸모에 대해 많은 생각을 한 후 이주했기에 변화가 가능했다. 지금도 난 여전히 집을 사랑한다. 다만 '집'을 사랑하는 게 아니라 집에서 웃고 떠들고 생활하는 '우리 가족을 위한 집'을 사랑한다. 그래서 집을 위해 청소를 하는 것이 아닌 나를 위해, 우리 가족의 건강을 위해 적당히 치우고 적당히 내버려두며 산다. 어느 날은 가족 모두 함께 대청소를 하며 청소의 기쁨을 즐기기도 하고 어느 날은 피곤한 몸이 먼저이기에 여기저기 어질러놓고도 마음 편하게 먹고 잔다. 푹 자고 난 후에 슬금슬금 주변을 정리해도 늦지 않다. 남편은 자꾸 내가 과거로 돌아가진 않을까 걱정되는지 슬며시 내게 묻곤 한다.

"포비야…. 설마 원룸에 살 때처럼 그렇게 막살진 않을 거지…."

"그럼, 그럼. 걱정 마라, 남편아. 설마 나도 사람인데 그렇게 심해지진 않을 거야. 우선 싱크대에 7일 된 쓰레기님은 없지 않니. 굉장히 긍정적인 신호다."

이제는 집을 모시고 살 때처럼 청소에 목숨을 걸지도, 그렇다고 혼자 살 때처럼 집을 무한정 방치하지도 않는다. 청소가 중요하지 않은 것은 아니지만 내 삶의 우선순위에서 청소는 이제 굉장히 밀려있다. 세면대를 닦는 시간보다 책 속 문장 한 줄을 읽는 시간이 더 귀하게 느껴지고 먼지를 노려보는 시간보다 글 한 줄을 더 쓰는 시간이 더 값지게 느껴진다. 바닥에 뭔가가 밟히더라도 양말을 신고 쓱쓱 밀고 들어가면 심리적으로도 편안해지고 수족냉증이 있는 내 발을 양말이 따스하게 감싸줘서 일석이조 효과를 낼 수 있다. 뭐든 마음 편한 쪽으로 하는 게 최고다. 열심히 청소했던 시간 또한 의미가 있는 시간이었지만 또 다른 의미를 찾기 위해 대충 내버려두고 책을 읽고 글을 쓰는 지금이 좋다. 물론 발가락이 고양이 털로 간질거리지만, 쓱쓱 구석으로 밀어버린다. 주말까지 버티면 남편이 참지 못하고 청소기를 들겠지. 그의 인내심이 곧 바닥나기를.

좋은 엄마 대신 나다운 엄마

나만의 독서법
읽고 느끼고 실행하기

어릴 때부터 책보는 걸 즐겨 했다. 성격도 내성적인데다가 무서운 아빠로 인해 주눅이 든 어린 시절을 보냈던 나에게 탈출구는 딱하나, 책읽기였다. 난 주로 빨간색 핏빛표지가 영롱하게 반짝이는 추리소설을 좋아했다. 시드니셀던(아시는가. 이 추리소설의 대가님을)의 《깊은 밤의 저편》을 읽고 나선 어떻게 이런 상상을 할 수 있는지 한 치 앞을 알 수 없는 글솜씨에 빠져 소설가가 되는 걸 상상해 본 적도 있었다.

성인이 된 후 회사생활을 하면서도 책을 놓지 않았다. 술독에 빠져 살 것 같은 여자가 독서에도 빠져 사는 반전을 들킬 때면 주변인들은 종종 놀라곤 했다. 좋은 책을 만날 때면 내가 꼭 해보는 습관이 있다. 책에서 감명받은 부분을 은근히 아무도 모르게 내 삶에 반영시켜보는 것이다. 소소하게 작은 부분부터 큰 결심까지 책에서 얻는 지식이나 감정을 삶에 반영하다 보면 조금이라도 더 나은 내가 되어가는 것 같아 기쁜 마음이 든다. 많은 책을 접했지만 그중 김슬기 작가의 《아이가 잠들면 서재로 숨었다》를 읽은 후엔 육아 후 경단녀가 된 뒤 글을 쓰는 사람이 되기 위해 했던 저자의 노력에 감명해 나 역시 사이버대학에 등록하는 등 본격적으로 작가가 되기 위해 노력했다. 동물의 아픔에 대해 공감은 하고 있었으나 아무 실천도 해보지 않던 중 김한민 작가의 《아무튼 비건》을 읽었고, 그 후 비건을 시작하게 되었다. 충동적인 시도에 비해 어느새 3년째 몸과 마음을 건강하게 잘 유지하고 있다. 이처럼 책은 언제나 나를 움직이게 도와주었다.

많은 책을 접하던 중 2년 전 어느 겨울날 난 내 삶을 바꿔줄 운명의 책을 만나게 된다. 박혜윤 작가의 《숲속의 자본주의자》이다. 한창 물질주의적 삶에 대한 회의감에 빠져 그 끝이 무엇인지 고민하던 시점이었다. 이 책은 나에게 많은 울림을 주었고 그 울림을 행동으로 옮기게끔 했다. 단순히 줄거리 요약으론 표현을 할 수 없기에 통째로 씹고 뜯고 즐겨야 하는 책이라고 말하고 싶다. 저자는 자본주의적인 삶을 내려놓고 미국 시골농장으로 가족과 함께 이주해서 살아간다. 고학력의 교수직도 내려놓고 최대한 돈이 들지 않는 삶을 살기 위해 소비를 줄인다. 그렇게 가족과 함께 똘똘 뭉쳐 각자의 역할을 하며 이상적인 삶을 살아가는 이야기이다. 이 책을 읽고 난 후 내 심장은 요동쳤다. 꿈에 그리던 이상형을 만나면 이런 느낌일까. 두근거림과 설렘으로 몇 번씩 책을 다시 읽으며 밑줄 치고 되뇌었다. 그동안 내가 가졌던 고민과 두려움들을 마치 알고 있다는 듯이 책은 나한테 말하고 있었다.

《숲속의 자본주의자》를 읽은 후 나도 시도해볼 수 있다는 용기가 생겼다. 더욱이 책 속 내용을 아무도 모르게 삶에 반영시키는 것이 아닌, 드러내놓고 내가 바꾸고 싶은 부분을 하나씩 바꿔가며 내 삶을 움직여 보자고 결심하게 됐다. 남편과 긴 상의 후 고민만 하던 아이의 사교육부터 때려치웠고 무겁게 짊어지고만 있던 집을 던져버리기로 결심했다. 집을 내려놓기로 결심하자 그 후부터는 의외로 많은 부분이 쉽게 버려지기 시작했다. 언제나 마음속으로 살고 싶어 했던 제주로 가기 위해선 우리의 발목을 잡고 있는 남편의 회사를 버려야 했다. 15년을 다닌 남편의 회사를 관두기까진 많은 고민과 갈등이 있었으나 평생직장이 될 수 있는 곳은 아니었기에 우린 더 늦기 전에 지금이 기회라고 생각하기로 했다. 모든 과정이 쉽진 않았다. 불안감은 시시때때로 언제 어디서든 밀려왔고 내 판단에 대한 확신은 자꾸만 흔들렸다. 주변에선 미쳤냐는 눈빛으로 우리를 쳐다봤다. 친한 측근들은 하나같이 다 우리를 말렸고 부모님은 불같이 화를 내셨다. 그래도 내 결심은 확고했다. 타인의 시선이나 부모님의 의견으로 인해 내가 살고 싶은 삶을 더 이상 미루고 살고 싶지 않았다. 삶은 언젠가 이뤄야 하는 꿈이 아니기에 현재 내가 살고 싶은 대로 사는 게 진짜 삶이라 생각하기 시작했다.

많은 걸 정리하면서도 난 누군가에게 내 결정에 대한 응원과 지지를 받고 싶었다. 용기를 내어 《숲속의 자본주의자》 저자이신 박혜윤 작가님의 블로그에 줌으로 만남이 가능한지 물어보았다. 작가님께선 감사하게도 흔쾌히 응해주셨고 그렇게 작가님과 꽤 긴 시간 동안 영상통화를 하게 되었다. 고민이 많았던 시절, 작가님 책을 접하게 되고 많은 용기를 얻었다고 말씀드렸다. 지금은 내가 살고 싶은 진짜 삶을 위해 많은 걸 바꾸고 되돌리려 한다고. 타인의 시선에서 얽매여 있던 삶에서 벗어나기로 결심하고 많은 고민 끝에 제주 이주를 결심하고 나니 물질주의에 빠져 살았던 내 지난 시간이 부끄럽다고. 또한, 때론 불안감이 밀려올 때도 있다는 나의 얘기에 작가님께선 이렇게 말씀해 주셨다.

"물질주의가 나쁜 게 아닙니다. 돈을 모으고 부를 늘리는 과정에서 행복을 느낀다면 그 또한 좋은 삶입니다. 지금의 저에겐 그 의미와 필요가 없어진 것일 뿐입니다. 그 순간을 지나왔기에 지금의 제가 있는 것입니다. 물질주의를 부러워하든 아니든 모두 남들의 평가일 뿐입니다. 나만의 삶을 찾아갈 용기를 찾는 게 중요해요. 진짜 나만이 그걸 알 수 있습니다."

너무나 명쾌했다. 제주 이주에 대한 결정에 대한 용기와 지지를 얻은 것 같았다. 지금 내게 의미 있는 삶을 찾아가면 된다는 말씀에 내가 가야 할 길에 대한 확신이 생겼다.

제주로 온 지 어느새 2년이 넘어가고 있다. 내 인생 가장 잘한 일은 아이를 낳은 일 하나라고 생각해왔다. 그러나 지금은 삶의 모든 순간에 책을 곁에 두었다는 게 가장 자랑스럽다. 제주 이주 이후로도 끝없이 책을 읽고 글을 쓰고 있다. 내 삶의 방향이 이토록 바뀐 것은 《숲속의 자본주의자》한 권의 책 덕분이라고 단정 지을 순 없다. 그동안 읽어왔던 많은 책이 경험과 교훈으로 쌓여 불안했던 그 시기의 나를 잡아줄 수 있었다. 지금도 난 길을 잃을 때마다 내게 울림을 줄 수 있는 책을 읽고 방향을 찾아 그대로 실행하려 노력한다. 삶은 선택의 연속이고 어떤 삶을 살든 100% 만족하는 선택은 있을 수 없다. 그러나 가끔 길을 잃을 때 지금처럼 모든 순간에 책을 곁에 둔다면 조금이라도 더 나은 선택을 해나갈 수 있을 것이다. 오늘도 난 책을 읽고 글을 쓴다. 그리고 행동에 옮긴다. 지금 삶이 불안하다면 잠시 걱정을 멈추고 책을 읽고 느끼자. 그 안에서 깨달은 바를 작게나마 실행해 보는 것도 좋다. 계속해서 변화할 나와 우리의 삶이 기대된다.

모유 수유
산후조리원에서 마셨던 꿀맛 맥주

"으악!! 제발 그만, 그마아아아안안!!!"

이것은 인간이었던 한 여자가 순식간에 유축 당하는 젖소로 빙의 된 채 고통에 못 이겨 내지르는 비명 소리다. 출산할 땐 정신줄만 내려놨건만 모유 마사지를 받으면서는 인간성까지 던져버렸는지 별별 괴상한 소리를 다 내지르며 눈물, 콧물 그리고 모유를 쥐어짰다. 만삭 때까지 한 번도 모유 수유로 고민한 적은 없었다. 아이를 낳고 나면 누구나 다 자연스럽게 되는 것이라 생각했다. 그러나 출산을 막 끝내고 들어간 산후조리원에서의 생활은 출산이 오히려 쉬운 것이었음을 모유 저리게 느끼게 해주었다. 편하게 누워만 있을 줄 알고 들어간 산후조리원은 내게 한시도 쉬는 시간을 주지 않았다. 밤낮없이 2시간마다 울리는 수유 콜 때문에 출산모에게 좋다는 최고급 침대엔 제대로 누워본 적도 없었다. 콜을 받고 수유실로 뛰쳐나가 달려가면 여유로운 미소를 지은 조리원 선생님께서 내 작은 아이를 내 품에 살짝 안겨주신다. 그럼 난 웃통을 홀러덩 깐 채로 아이를 안아 젖을 물린다. 그렇게 아이가 젖을 쪽쪽 빨아준다면 수유실 풍경은 완벽했을 것이다. 난 진땀을 뻘뻘 흘리며 계속해서 젖을 물려주지만 내 작은 아이는 젖을 쪽쪽 빨기는커녕 물자마자 뱉어버리고 삐악삐악 새된 소리로 울부짖는다. 원장님께서는 내 가슴은 가슴조직이 치밀해서 젖이 잘 나오지 않는 치밀 유방이라 마사지가 필요하다며 돌처럼 딱딱해 스치기만 해도 눈물이 줄줄 나오는 가슴을 수제비 반죽 주무르듯 마구 주무르셨다. 난 원장님의 손모가지… 아니 손목을 부여잡으며 매번 통곡의 눈물을 흘려댔다.

조리원 생활은 너무 힘들고 아프고 외로웠다. 어떤 분들은 산후조리원에서 친구도 만들곤 하던데 난 인생 최악의 모습으로 낯선 누군가와 인연을 맺기가 힘들었다. 진수성찬으로 차려지는 조리원 식사도 퉁퉁 부은 얼굴과 아이를 낳아도 여전히 만삭 같은 배 때문에 전혀 먹고 싶지 않았다. 제대로 먹지도, 자지도 못하고 모유마저 마음대로 나오지 않자 내 자존감은 바닥으로 내려갔고 꼬물거리는 아이를 보아도 모성애가 뭔지 잘 느껴지지 않았다. 젖을 빨아주지 않는 아이가 원망스러웠고 다른 산모들의 차고 넘치는 하얀 모유만 공허한 눈으로 쳐다볼 뿐이었다. 새벽 4시, 또다시 울리는 수유콜에 좀비처럼 기어나간 나는 또다시 웃통을 훌러덩 깐 채 품에 안긴 아이를 내려다보았다. 꼬물꼬물 빨간 피부를 가진 작고 연약한 내 아이는 젖을 조금 빠는 듯싶더니 결국 울며 잠이 들어버렸다. 가슴은 욱신거리며 아파왔고 아이에게 미안한 마음과 누구를 향해야 하는지 알 수 없는 원망의 눈물이 내 젖가슴 위로 뚝뚝 떨어져 내렸다. 조용했던 새벽 수유실은 내 흐느낌으로 가득 채워졌다. 육아라는 달리기를 시작도 하기 전에 출발선에 서 있는 내게 누군가가 당신은 이미 실격이라고 외치는 것 같았다. 최소 3개월은 엄마 모유를 먹어야 아이가 건강하게 커갈 수 있다던데 나오지 않는 내 모유로 인해 아이가 제대로 성장하지 못할까 봐 겁이 났고 이 모든 문제는 나에게 있는 것 같았다. 하지만 더 이상 문제가 있다고 주저앉아 울고만 있을 순 없었다. 난 아이를 낳았고 이 아이는 내가 책임져야 하는 소중한 생명이다. 내 품에 잠들어 있는 아이를 찬찬히 들여다보며 생각해 보니 지금 내 모습은 내가 아니었다. 자기 비하와 우울감에 휘둘려서 가장 중요한 걸 놓치고 있다는 생각이 들었다.

난 모유 수유는 꼭 해야 한다는 주변 말들과 선입견에 꽂혀 정작 내 아이는 제대로 보고 있지 않았다. 아이의 눈빛이 얼마나 밝게 빛나는지, 오물거리는 작은 입술은 또 얼마나 귀여운지, 언제 키득거리며 웃는지, 언제 앵하고 울음을 터트리는지, 여자로 태어나 아빠를 얼마나 쏙 빼닮았는지. 모유 수유에만 빠져 내 아이에 대한 모든 것을 하나도 눈여겨보지 않고 있었다. 객실로 돌아온 난 내 럭셔리 침대에 대자로 누워 잠들어 있는 남편을 흔들어 깨우며 말했다.

"편의점 가서 맥주 좀 사 와봐."

남편 눈은 휘둥그레졌지만 비장하고 살기 가득한 내 눈빛을 보더니 분위기 파악이 됐던지 당장 일어나 캔맥주를 잔뜩 사 왔다. 10개월 만에 만나는 김 서린 맥주를 보자 몸에 활기가 돌아오고 정신도 맑아지는 것 같았다. 한 캔 시원하게 따서 멋들어지게 원샷 한 다음 멍하게 쳐다보고 있는 남편에게 말했다.

"나 모유 수유 때려치울 거야. 모유를 먹일 수 있다면 먹이면 좋겠지. 그런데 내가 이렇게 힘들면서까지 모유를 쥐어짜서 먹이는 건 아이에게도, 나한테도, 아무한테도 좋지 않아. 모유 안 먹여도 우리 사랑이면 충분히 건강하게 키울 수 있어. 입에서 살살 녹는 좋은 분유 찾아서 건강하고 튼튼하게 키워낼 거야."

난 남편의 흔들리는 눈동자를 뒤로한 채 모유로 인한 모든 걱정 따윈 다 집어치우고 최고급 침대를 온몸으로 느끼며 코를 골며 깊게 잠이 들었다.

다음날 나는 신생아실 간호사 선생님께 메모지 하나를 써서 내밀었다.

「모유 수유 안 하겠습니다. 분유 주세요.」

내 딸의 머리맡에는 내가 자랑스럽게 써준 노랑 포스트잇이 떡하니 붙게 되었고 출산 7일 만에 내 모유 수유는 비장하게 마무리되었다. 다행히도 아이는 입만 대면 솔솔 나오는 분유를 잘 받아들여 주었고 나와 아이 모두 평화를 되찾을 수 있었다. 신생아실에 내 아이 머리맡에만 붙어 있는 노랑 포스트잇이 조금 부끄럽기도 했지만 난 나와 내 아이를 위한 최선의 선택을 했고 남은 조리원에서의 시간을 씹고 느끼고 즐길 수 있었다. 조리원 퇴소 후 난 아이 입맛에 가장 잘 맞는 분유를 찾아 딱 좋은 온도로 맛있게 흔들어서 아이의 빛나는 눈망울을 바라보며 정성스레 먹였다.

엄마들에게 사회가 원하는 건 너무 많다. 제왕절개보단 자연분만이 아이에게 좋고, 분유보단 모유를 먹여야 아이가 건강하게 클 수 있으며, 3년 애착 육아는 해야 아이 정서에도 좋다고 한다. 더 나아가 가정에도 소홀하면 안 되며, 엄마의 경제적 능력 또한 놓치면 안 된다고 한다. 이런 무언의 강요들은 도대체 언제부터 누구에 의해 만들어진 것일까. 이 많은 얘기 중 엄마의 입장이나 엄마의 상황은 왜 쏙 빠져있는 것일까. 엄마 역시 한 인간일 뿐이다. 모유 수유든 그 어떤 일이든 엄마들의 상황에 따라 자유롭게 선택할 수 있어야 한다. 꼭 사회가 정해놓은 길로 따라가지 않는다 해도 엄마는 아이를 위해 항상 최선의 선택을 한다. 아이를 사랑하고 보살피는데 정해놓은 방식도, 옳은 방식도 없다. 아이도 엄마도 사람은 모두 다 다르기에 각자의 성향과 상황에 맞춰 나만의 길을 찾아가면 된다. 각자의 삶이다. 우린 모두 최선을 다하며 산다. 나는 어쩌면 가장 단시간에 산후조리원에서 모유를 끊어버린 산모일지도 모른다. 누군가는 그런 나를 비난했을 수도, 옹호했을 수도 있다. 둘 다 괜찮다. 아이는 잘 자라주었고 산후조리원에서 마셨던 맥주는 내 인생 가장 달콤시원했던 맥주 맛으로 남아있다. 난 내 아이를 위한 최선의 선택을 했고 나를 위한 최고의 선택을 했다.

영유아 검진
하위 1%면 엄마 탓인가요

"어머님, 이번에도 100명 중 하위 1%인데 정밀검사 안 받아보실 거예요? 고기는 하루에 꼭 손바닥 만큼씩은 먹여야 하고요. 탄수화물, 단백질, 칼슘, 지방도 골고루 잘 챙겨 먹이셔야 해요. 이 시기가 식습관을 만드는 얼마나 중요한 시기인데 엄마가 억지로라도 잘 챙겨 먹이지 못하시면 아이 평생 안 커요. 그런데 정말 대학병원 안 가보실 건가요?"

아이를 낳고 매년 아이 성장을 체크하는 영유아 검진을 할 때마다 소아과에 가면 항상 듣는 말이었다. 2.3kg의 저체중으로 나온 아이는 도무지 식욕이라는 게 없었다. 늘지 않는 아이 몸무게는 나에게 항상 스트레스와 만병의 근원처럼 느껴졌다. 아이가 아프면 모든 게 엄마 탓인 것 같았고 그런 시선을 받는 날이면 더더욱 아이 먹을거리에 신경을 곤두세웠다. 이유식을 시작한 후부터는 자기 전엔 내일 뭘 만들지 검색하느라 날을 샜고, 일어나선 칭얼대는 아이를 들쳐 매고 마트를 전전하며 온갖 유기농 재료들을 양손 가득 유모차 안에 실어 오곤 했다. 설악산 바람을 온몸으로 맞으며 말렸다던 쫀득쫀득한 북어 대가리를 주문해 껍질이 너덜너덜해질 때까지 이유식 육수를 끓여 댔다. 간장 역시 파는 걸 먹이면 안 좋다는 말에 토종 간장에 아가베 시럽과(이 고급진 설탕 시럽도 이유식 하면서 알게 됐다) 각 지역 특산물 과일들을 마구 집어넣고 집안에 간장 고린내를 종일 풍겨가면서 끓여 댔다. 못할 게 없었다. 온 세상 좋은 재료들은 다 공수해 왔고 다져 댔고, 볶아 댔고, 삶아 댔다.

아이는 내 정성과는 전혀 상관없이 여전히 식욕이 없었고 아이가 먹지 않을수록 오기로 더욱더 요리에 매달렸다. 누가 뭘 잘 먹었다는 말에 내 귀는 당나귀만큼 커졌고 요리에 매달리는 내 눈은 광기로 희번덕거리며 살벌해져 갔다. 우리의 삼시 세끼는 살얼음이었고, 스트레스였고, 통곡의 시간이었다. 아이가 먹지 않아도 누군가에게 인정받고 위로받고 싶은 마음에 요리 사진들을 찍어 SNS에 올리기 시작했다. 내 광기 어린 요리들을 남기면서 난 점점 더 아이를 위해서 하는 음식이 아닌 나 스스로의 만족감을 위해서 하고 있었다.

'우와 포비님! 어떻게 이런 요리를 해주나요. 정말 대단해요! 포비님 딸은 너무너무 좋겠어요. ♡♡'

블로그 이웃들이 남겨주시는 댓글들에 난 중독되어 갔다. 아이가 먹지도 않는 음식들을 화려하게, 멋지게 해 나갈수록 작고 하얗고 약했던 내 아이는 내 SNS 사진 속의 쓸모 있는 재료가 되고 있었다. 아주 적절한 구도였다. 아이를 위해 모든 걸 바치는 엄마 역할과 그런 엄마의 정성을 몰라주고 먹지 않고 아프고 예민한 내 아이, 적당히 무심하고 착실한 남편까지 완벽한 삼중 구도였다. 내가 만들어낸 허상 속에 취하니 아무도 날 막을 수가 없었다. 말 못 하는 아이만 나의 아름다운 식탁 위 희생양이 될 뿐이었다.

두 돌이 지날 때쯤, 여느 때와 같이 부엌에서 요리에 열을 올리고 있는데 문득 뒤통수가 따가워졌고 뒤를 돌아봤다. 작고 하얗고 약한 내 아이가 멍하니 나를 쳐다보고 있었다. 그냥 아무 말도 없이. 울지도, 짜증 내지도 않고 그냥 조용히 나를 쳐다보고 있었다. 그냥 또 다가오는 이 시간을 알고 있는 것처럼 조용히 나를 기다리고 있었다. 그런 아이와 눈이 마주치는 순간 나는 모든 동작을 멈출 수밖에 없었다. 눈물이 났다. 미친 듯이 눈물이 났다. 내가 무슨 미친 짓을 끝도 없이 하고 있는 것일까. 부엌 개수대에 기댄 채 펑펑 울고 말았다. 많은 생각을 했다. 내가 요리라는 것에 매달려 있는 시간 동안 아이의 눈은 언제나 내 뒷모습을 쫓고 있었다. 종일 아이가 얼마큼 뭘 먹는지, 오물거리는 입만 바라봤을 뿐 아이의 두 눈 한 번 제대로 마주 본 적이 없었다. 아이를 사회의 기준에 맞추기 전에 아이의 기준에 엄마인 내가 먼저 맞춰주고 믿고 기다려줘야 했다. 나는 내가 얼마나 좋은 엄마인지 보여주고 인정받고 싶은 마음에 현실 속 내 아이에겐 등을 돌린 채 내가 만들어낸 온라인 세상 속 좋은 엄마 역할에 취해있었다.

그 후 이유식을 더 이상 만들지 않았다. 좋은 재료를 쓰는 시중에 파는 이유식을 사서 먹이기 시작했더니 아이가 먹는 양은 비슷했지만, 우리 사이의 변화는 크게 찾아왔다. 시간과 정성을 쏟은 음식을 아이가 집어 던질 땐 내 마음도 같이 시궁창에 내동댕이쳐지는 것 같아 화가 치밀어 올랐지만 사온 음식을 집어 던질 땐 버리고 다시 사면 그만이었다. 이유식 만드는 시간을 줄였더니 아이 웃음을 한 번 더 볼 수 있는 시간이 생겨났다. 음식에 대한 집착과 오기를 내려놨더니 아이의 다른 면들도 천천히 보이기 시작했다. 아이는 뭐든 잘먹고 잘 노는 수월한 아이는 아니지만 예민한 만큼 이유 없이 떼쓰는 법 한번 없었고 타인의 감정 변화도 잘 읽어내는 오감이 뛰어난 아이였다. 이후로 영유아 검진도 받지 않았다. 사회가 만들어 놓은 아이들의 평균 키와 몸무게 순위에선 매번 하위 0.1%일지 몰라도 엄마인 내 기준 속에선 모든 점에서 상위 1%가 될 수 있는 가능성이 넘치는 아이다. 검진 결과 때문에 나를 탓하거나 마음을 졸이며 아이를 닦달하고 싶지 않다.

어느새 시간이 흘러 9살이 된 아이는 여전히 반에서 가장 작지만 건강하게 웃을 줄 알고 친구를 사랑하며 선생님을 존경할 줄 아는, 몸과 마음 모두 단단한 아이로 커가고 있다. 아이는 원하는 시기에 스스로 원하는 만큼 자라난다. 그 결과가 때때론 엄마의 기준을 채워주진 못한다 해도 괜찮다. 아이의 기준에선 이미 내, 외면이 가득 차게 성장하고 있으므로. 아이들은 저마다 빛나는 시기가 다 따로 있다고 한다. 아이가 빛나 오르는 그 모든 순간을 아무런 기준 없이 지켜봐주고 응원해주고 싶다.

사교육
맹목적인 교육보단 아이와 함께 시간을

　제주로 내려오기 전 아이를 낳고 키운 곳은 서울 근교 쪽 신도시였다. 서울 중심가도 아닌데 어찌나 사교육 열풍이 세던지. 평균 30대 중반의 엄마들은 모이기만 하면 교육 얘기로 불을 뿜으며 토론과 열변을 토하기에 바빴다. 아이가 5살이 되던 해, 유치원을 어디로 보내면 좋을지 고민하기 시작하던 중 동네 엄마를 통해 놀이학교라는 곳을 알게 되었다. 영어유치원과 일반유치원의 장점들을 모아놓은 곳이라며 비싼 학비만큼 아이들의 케어와 먹을거리에 신경을 많이 쓴다는 곳이었다. 입학설명회 때 눈이 하트가 돼버렸던 나는 허리띠를 졸라매서라도 이곳을 보내야겠다고 결심했다. 그렇게 연 천만 원이 넘게 드는 아이의 놀이학교 생활은 시작되었다.

놀이학교의 반 모임은 놀라움의 연속이었다. 조용한 카페 거리엔 수입차들이 줄을 섰고 엄마들은 카디건을 어깨에 두르고 명품백을 들고 은근히 뽐내기에 여념이 없었다. 한 엄마는 대놓고 농담인지 진담인지 "놀이학교 보내는 정도면 우리 이 동네에서 좀 사는 거 맞죠. 오호호호호호."라고 했고 난 그분의 큰 목소리에 당황하며 옆에 누가 들을까 부끄러운 마음에 쥐구멍이라도 숨고 싶었다. 사는 곳을 소개할 때는 다들 이 동네에서 유명한 아파트들의 이름을 얘기했고 옆 동네에서 전세로 살던 나는 내 소개 타임에 입도 뻥긋하지 못했다. 내 소개를 막 하려는 찰나 "어머, 시율 엄마 옆 동네에서 오신다면서요. 어휴 빨리 이사 오세요. 힘들어서 어떻게 다니시려고 호호호호호~" 하는 카디건 엄마의 말 한마디에 나는 혼자 붉어진 얼굴로 명품 아닌 꾸깃거리는 캔버스 가방을 꼭 쥐고 돌아와야 했다.

그럼에도 불구하고 놀이학교를 5세부터 7세까지 3년을 보냈다. 그러는 사이 나도 모르게 그들에게 동요되었다. 누가 들어도 알만한 브랜드 있는 아파트로 영혼을 긁어모아 대출을 늘려 이사를 했다. 최장할부로 좋은 차를 끌기 시작했으며 그들이 한다는 사교육에도 휩쓸려 다니기 시작했다(지금은 단연코 애기할 수 있다. 내 인생 가장 후회되는 시절이다). 내 귀는 얇다 못해 아예 구멍만 뚫려있었다. 엄마들에게 휩쓸려 많은 곳을 쫓아다녔다. 아이들을 과학, 수학 영재로 만들어 준다는 영재학원. 문제는 내 딸은 영재가 아니었다는 것. 긴 수업 시간은 아이를 신경질적으로 만들었고 다니기 싫었던 아이는 수업 시간 동안 말 한마디도 하지 않고 항의의 침묵을 지켰다. 그렇게 영재교육은 끝나버렸다. 요즘 아이들의 필수라는 영어학원. 이 역시 아이는 힘들어했다. 긴 시간 원어민 선생님의 수업을 하나도 알아듣지 못했고 아이는 점차 소심해졌고 선생님 눈을 피하곤 했다. 수학은 하루라도 빨리 해야 한다는 말에 보냈던 수학학원. 긴 수업 시간도 힘들어했지만 매일 6권이 넘는 문제집 숙제는 아이를 숨 쉴 틈이 없게 했다. 아이는 숫자만 봐도 짜증을 냈고 말이 없어져 갔다. 그 후로도 피아노학원, 수영학원, 태권도학원, 학습지, 문해력학원, 체조학원, 영어 미술학원, 그림책학원…… 보낸 곳들이 다 기억이 나지도 않는다. 그렇게 3년 동안 나는 돈과 시간 그리고 내 아이의 에너지까지 모두 날려버렸다.

아이의 특성이 중요했다. 내 아이는 싫으면 죽어도 하지 않는 성격이었다. 엄마가 하는 대로 잘 따라가 주는 아이도 있지만 내 아이는 마음에 들지 않으면 절대 움직이지 않았다. 그런 아이에게 남들이 한다는 교육을 강요하자 아이는 점차 어두워졌고 말 수가 줄어들었다. 결국 난 내 아이에게 맞는 교육이 무엇인지 고민하였고 맹목적으로 사교육을 쫓아다니는 스스로에게 회의를 느끼기 시작했다. 나는 무엇 때문에 불안함을 놓지 못하고 다른 사람들의 말에 휩쓸려 사교육 행진을 하고 있는 것일까. 진짜 아이의 미래를 걱정하는 걸까. 아니면 아이를 믿지 못하는 나를 걱정하는 걸까. 어쩌면 내가 엄마들을 따라다니며 시킨 사교육들은 교육만이 목적은 아니었던 것 같다. 그들이 모여 다니며 즐기는 듯한 그 삶에 나도 끼고 싶었고 학원을 핑계로 아이에게 해줄 건 다 해주고 있다는 안도감에서 빠져나오고 싶지 않은 마음도 컸다. 아직 시작도 해보지 않은 일들을 이미 못할 것이라 전제하며 불안감 가득한 시선으로 아이를 내려다보고 있었다. 부끄러웠다. 쪽팔렸다.

아이가 7세가 되던 해 다니던 학원들을 다 때려치웠다. 좋아하는 미술학원만 다니면서 함께 책을 읽거나 둘만의 시간을 보내며 무리에서 점차 빠져나왔다. 영어 교육도 일절 시키지 않았다. 아이를 믿고 한 템포 늦더라도 준비가 될 때까지 기다려주기로 마음먹었다. 아이는 점차 다정해졌고 나는 점점 더 나만의 교육법을 찾아가기 시작했다. 그런 나에게 엄마들은 한마디씩 하기 시작했다.

"지금도 늦었어, 언니. 이렇게 안 시키다가 초등학교 때 못 따라가면 어떡하려고 해. 싫다고 해도 억지로라도 시켜 봐. 어렸을 때 학습 버릇이 평생 가는 거야."

내 자식 일인데 다들 걱정을 어찌나 해주던지. 같은 반 아이들이 영어학원이나 수학학원에서 받아오는 좋은 성적들까지 친절히 알려주면서 더 늦으면 안 된다며, 아이를 꼬셔서라도 사교육을 해야 살아남는 세상이라고 나를 흔들어댔다. 그러나 내 얇았던 귀는 어느새 단단하고 두껍게 새로 태어나 중심을 잡고 있었다. 난 전혀 불안하지 않았고 오히려 종일 학원을 돌아다니는 그들의 아이들이 안쓰럽게 느껴졌다. 엄마들과 아이 교육에 대한 얘기만 나오면 어느새 나는 언쟁을 하곤 했다. 어느 엄마는 나에게 말했다. 사교육 받지 않고 키운 언니 딸과 남부럽지 않게 교육받으며 커갈 본인 딸의 20년 후를 꼭 보고 싶다고. 명언이다. 나도 꼭 만나고 싶다.

사교육을 내려놓고 제주로 내려온 지 2년 차가 되고 있다. 놀이학교를 졸업한 아이들 대부분은 여전히 학원 레벨 테스트를 받으며 치열한 경쟁 속에 하루를 보내고 있다는 소식을 종종 접하고 있다. 지금 내 아이는 학원에 다니는 시간 대신 많은 책을 접하며 읽고 쓰고 그린다. 맹목적으로 나를 따라다니지 않고 자신이 좋아하는 일을 찾아서 하며 매일을 쌓아가고 있다. 학원에 가지 않게 되면서 많아진 시간만큼 상상력도 풍부해져선지 꼬마 동화작가가 글을 쓰는 것처럼 일기도 유쾌하고 재밌게 쓰곤 한다. 아이다운 해맑은 표정으로 친구들과 우정을 나누며 글과 그림을 그리는 모습을 보고 있으면 저절로 기분 좋은 미소가 지어지곤 한다.

20년 후에 내 아이가 어떻게 자라날진 알 수 없다. 그러나 현재가 모이고 모인 나날이 내 아이의 미래를 만들어줄 것은 확실하다. 미래에 대한 걱정 때문에 현재 아이의 얼굴에서 웃음을 앗아가고 싶지 않다. 맹목적으로 사교육을 쫓아다니는 대신 책 한 권을 더 읽을 수 있는, 문제집이 아닌 사람의 눈을 한 번 더 마주칠 수 있는 시간을 주고 싶다. 앞으로 커갈 아이를 믿고, 그 곁에서 지켜봐 줄 나를 믿는다.

반 모임
아이 친구 엄마는 이제 그만

〰️

아이가 유치원에 다니던 시절 처음 반 모임이라는 걸 알게 되었다. 반 모임은 내 아이와 같은 반 친구 엄마들과의 모임을 지칭하는 말이다. 반대표의 연락으로 동네 키즈카페에서 첫 반 모임이 이루어졌다. 육아로 지치고 외로웠던 난 반 모임을 통해 나와 비슷한 환경에 놓인 엄마들과 만나 서로 위로하고 공감받고 싶었다. 어색한 분위기 속에서 서로를 스캔하며 나와 뜻이 맞을만한 엄마를 찾아 눈도장을 찍기 시작했다. 모임은 아주 좋지도, 나쁘지도 않은 서로 인사를 나누는 정도의 분위기로 마무리 되었다. 곧 그룹 톡이 만들어졌고 그날 이후 시도 때도 없이 울리는 카톡 알림음은 마치 내 일상 속 배경음악처럼 깔렸다. 그룹 톡은 대부분 오늘 만남이 좋았다며 다음 만남을 잡아보자는 내용이 주를 이루었다. 그러나 난 모임이 왠지 불편했다. 굳이 이 만남을 이어가야 하는지에 대한 확신이 들지 않았기에 대답을 할 수도 안 할 수도 없어 손가락만 머뭇거렸다.

어쩔 수 없이 다음 모임이 잡혔다. 다음 만남은 워킹 맘의 주도하에 주말 모임으로 잡혔다. 워킹 맘께서는 같은 반 엄마들과 둘째까지 포함된 열 명이 넘는 아이들을 모두 집으로 초대하셨다. 평범한 20평대의 아파트였던 집은 그날 꿈과 희망의 나라 롯데월드보다 더 붐벼대며 난장판이 되었고 부엌에선 엄마들의 술판이 벌어졌다. 난 뒤엉켜서 노는 아이들 사이에 혹여나 작은 체구의 내 아이가 다치지는 않을까 싶어서 안절부절못하며 아이를 쫓아다녔다. 그러나 엄마들은 이런 게 공동육아의 제맛이라며 술을 들이켜며 자리에서 일어날 기미를 보이지 않았다. 밤 10시가 넘어서야 겨우 자리를 털고 나올 수 있었지만 그날로 끝이 아니었다. 그날 이후로 엄마들 사이에서는 돌아가면서 아이들과 엄마들을 집으로 초대하는 룰이 생긴 것이다.

집집마다 엄마들의 유형도 다양했다. 정성을 다해 아이

들과 엄마들의 음식을 준비해 놓는 엄마, 참석만 하고 초대는 하지 않는 엄마, 아이들 음식만 적당히 주문해 놓고 엄마들에겐 커피 한 잔만 내놓는 자린고비인 엄마도 있었다. 그런 날엔 그 엄마를 제외한 새로운 그룹 톡이 생겨났고 자린고비 엄마 때문에 배고파 죽을 뻔했다며 은근히 흥보는 말들이 가득했다. 반 모임은 시간이 지날수록 모임의 의미 따윈 퇴색되어 갔다. 여고생들도 하지 않을 편 가르기부터 뒷말하기, 뒷말하고 난 뒤 아닌척하기, 몰래 모임 따로 잡기, SNS로 돌려서 흥보기 등 각양각색의 난투극들로 극에 달했다. 엄마들의 전쟁은 늘 수면 아래에서만 우아하게 이루어졌기에 아이들 하교 때 서로 얼굴을 마주쳐도 웃고 인사하는 건 여전했다. 난 이렇게까지 이상하고 기이한 경험들은 처음 겪어 보았다. 어느 누구의 편에도 설 수 없었고 어느 누구도 믿을 수 없었다.

내 차례의 모임도 금세 다가왔다. 엄마들의 술안주를 시키고, 10명 남짓한 애들의 식사와 간식을 챙겨주고, 온 집안으로 어질러진 장난감들과 종일 전쟁을 치렀다. 그 후 아이와 난 심한 몸살을 앓았다. 그날 이후 난 심한 내적 갈등을 겪었다. 도대체 뭐 하고 있는 것일까. 아이를 위한 모임이라고 해놓고 막상 내 아이는 또래보다 작은 체구에 잔병치레가 많아서 모임이 끝나면 매번 고열에 시달렸고 나 역시 외향적인 성향이 아니었기에 반 모임만 다녀오면 온몸에 에너지가 다 빨려 나간 것 같았다. 엄마들에게 기대했던 위로와 공감 같은 건 나의 단꿈에 불과했다. 심리적으로 많은 스트레스를 받던 난 모임을 피하기 시작했고 엄마들이 모여 있는 걸 볼 때면 마치 내 얘기를 하는 것 같은 피해의식까지 생겨나기 시작했다. 모임에 참석하지 않았다고 누가 나를 욕하는 건 아닐지 내 아이가 피해를 입는 건 아닌지 매의 눈으로 SNS를 살펴보느라 정신은 여전히 반 모임에 붙들려 있었다.

내가 이런 사람이었나. 나는 지금 무엇이 두려워 무엇을 하지 못하고 있는 것일까. 이건 내가 아니었다. 나는 이렇게 나약하고 전전긍긍 남의 눈치를 보며 내 하루를 감정 소모에 낭비하는 사람이 아니었다. 거의 2년간 얽매여 있던 엄마들과의 관계를 확실히 끊어버리기로 마음먹었다. 누가 뭐라고 욕을 하든 나에겐 필요 없는 인연이라는 결론을 냈고 더 이상 그들에게 내 인생을 허비하고 싶지 않았다. 철저히 이기적인 사람이 되고 싶었다. 마음을 나눈 동생 한 명에게만 속마음을 털어놓으며 양해를 구했고 반 모임 엄마들의 연락처를 모두 삭제해 버렸다. 한 명씩 삭제해 나갈 때마다 자신감이 올라왔다. 고민했던 일을 실행에 옮기기 시작하자 더 이상 망설일 게 없었다. 지겹게 울리던 그룹 톡에서도 '전 이만 탈퇴하겠습니다'라는 말 한마디를 남긴 후 나와버렸고 그들의 소식을 실시간으로 알려주는 인스타그램도 탈퇴해 버렸다. 나는 그들 속에서 사라지기로 마음먹었고 그 누가 뭐라고 하든 귀담아듣지 않았고 내 갈 길을 갔다.

수면 아래 사람들에겐 수면 밖 세상은 들리지도, 보이지도 않는다. 수면 아래에서만 이루어지는 싸움에서 벗어나는 일은 수면 밖으로 얼굴을 내미는 것이다. 사람들이 타인에게 기울이는 관심은 생각보다 빨리 사그라진다. 어떤 말을 하든 무슨 말이 들리든 관심을 두지 않았다. 나는 그들의 모임 속에서 빠르게 사라져갔고 반 모임으로 인한 고민과 스트레스도 어느 순간 날아가 버렸다. 모임에 얽혀있던 시간과 에너지를 정리하자 아이와 둘이 보낼 수 있는 시간이 많아졌다. 내 아이만 생각할 수 있어서 자유로웠고 서점에 들러 책 한 권씩을 사서 커피숍에도 가며 둘만의 시간을 보내다 보니 아이 역시 엄마와 함께하는 시간을 제일 즐거워했다. 아직 어린 내 아이는 친구들과의 복잡한 모임보단 엄마와 둘이 나누는 시간 동안 더 많이 웃고 더 편안해했다. 이젠 아이 친구 엄마와 친해지기 위해 노력하고 애쓰지 않는다. 아이는 내가 움직이지 않아도 스스로 좋은 친구를 만들어가고 있다. 내가 할 일은 수면 위 서로의 공간에서 진심어린 안부를 묻고 각자의 삶을 응원하며 내 삶을 살아가는 것이다.

뒷담화
그럼에도 불구하고 새로운 인연을

나는 A가 얄미웠다. 아이를 낳은 아이 엄마가 되어서도 그러니까 말 그대로 다 큰 성인이 되어서도 학창 시절 친구를 미워하듯 했다. A에 대한 마음은 얄미움이었다. A는 솔직함을 가장한 무례함이 깔려있었다. 스스럼없이 남의 단점을 내뱉곤 했고 본인에게 득이 되지 않는 곳엔 절대 가지 않았으며 무언가 동정심을 유발하면서도 그 깊은 속내는 알 수 없는 사람이었다. A는 나와 동시에 알고 지내는 B에 대해서 뒷담화를 많이 하곤 했다. B에 대해 무언가 마음에 들지 않을 때마다 내게 연락해서 B의 얘기를 하곤 했다. 난 여러 신기한 얘기를 하는 A의 얘기들을 거절하지 않고 들었고 맞장구도 열심히 쳐주었다. 그런데 어느 날 그 둘이 AB형으로 합체를 해서 나타나 네가 내 뒷담화를 했냐며 이 몹쓸 년을 처단하겠다며 공격을 했다. 갑자기 몹쓸 년이 되어버린 나는 AB형에게 정확한 해명도 하지 못한 채 갑자기 외로운 인생 F를 맞게 되었다.

내 인생 F 시절의 사건이다. 많은 상처와 생각을 남긴 일이었다. A, B, C, D와 큰 이슈 없이 두루 잘 지내오다가 순식간에 F 도장이 이마에 '쾅' 찍혀버린 기분이었다. 육아로 인해 엄마로서의 삶도 힘들었던 난 엄마들과의 관계까지 힘들어지자 인간관계가 모조리 싫어져 버렸다. 모든 문제를 내 안에서 찾기 시작했고 그때 왜 그랬을까 하며 이미 지나간 일들을 혼자 반복해 떠올리면서 자기 비판적인 후회만 계속했다. 점차 자존감은 낮아져 갔고 나중엔 A를 탓하기보다 A에게 불편함을 느끼면서도 멀리하지 않고 친하게 지내왔던 내 행동을 탓하게 되었다. 나를 탓하기 시작하자 하나부터 열까지 끝이 없었다. 사람 보는 눈이 없음에, 입이 가벼웠음에, 쉽게 사람을 믿은 것에, 모든 것에 다 내 탓을 하게 됐다. 끝없이 나를 탓하던 중 공지영작가의 《그럼에도 불구하고》의 책 속 문장이 떠올랐다.

지금 돌아보면 절대로 나와는 어울릴 수 없는 사람이었는데 그녀가 집요하게 나에게 접근해오면서 나는 그만 마음을 주어버리고 말아 둘도 없는 친구가 되었다. 세월이 흐른 다음 나중에 알고보니 내가 털어놓은 내 신상의 이야기를 제멋대로 각색해서 온 세상에 퍼뜨리고 다니는 역할을 한 사람이었다. 설마 싶었던 것은 그녀가 내게 자신의 아픈 이야기들을 많이 털어놓았기 때문이었다. 자신의 그 아픈 이야기를 털어놓고 남을 이용하는 사람이 있었던가 싶었는데, 나중에 알고 보니 그 이야기는 보통 사람들에게 접근하는 상투적인 열쇠였다.

공지영《그럼에도 불구하고》

나는 그 시절 힘든 시간을 보내고 있었다. 처음 겪는 육아는 매시간 힘들었고 엄마들의 세상은 너무나 복잡했고 내 정체성은 어디로 갔는지 찾기조차 힘들었다. 공허한 시간을 보내는 그때, 나보다도 더 힘들어 보이는 A가 내게 털어놓는 얘기들을 무작정 믿고 들어줬다. 그러나 생각해 보면 A가 사생활을 털어놓은 사람은 나뿐만이 아니었다. 모든 이에게 동정을 유발했고 그렇게 사람을 사귀는 사람이었다. 내 심리도 정상적이긴 않았다. 누군가와 친해지고 싶었고 얘기를 나누고 싶었으며 어딘가에 소속되고 싶었다. 내 잘못된 심리는 나와는 맞지 않는 무리로 나를 이끌었고 그 결과는 역시나 내게 상처가 돼서 돌아왔다. 나 자신이 견고하지 못했다. 타인에게 해답을 찾지 말고 스스로 나를 돌보며 내 안에서 답을 찾아야 했다. 지나간 일을 곱씹으며 나를 탓하기 이전에 나를 사랑하는 게 먼저였다.

한 번뿐인 내 인생 이렇게 살다가 가기 싫다 하고 마음먹은 이후, 나 자신을 사랑하고 지금 여기를 소중히 여기겠다 마음먹은 이후, 내게 또 하나의 변화가 찾아왔는데 그것은 나를 사랑하는 데 방해가 되는 사람들과 우정을 맺지 않는 것은 물론이고 사소한 사적 관계도 끊어내는 일이었다. 나중에는 전화나 문자도 받지 않았다.

공지영 《그럼에도 불구하고》

지나온 시간 때문에, 얽힌 인연 때문에, 사람이 착해 보여서, 여러 이유로 인해 불편한 인연을 계속해서 끌고 가는 경우가 많다. 사람을 만날 땐 상대방에게서 이유를 찾지 말고 내 안에서 이유를 찾아야 한다. 내가 그 사람과 있는 시간이 좋은지, 무언가 배울 게 있는지, 헤어진 후 찜찜한 기분이 들지는 않는지 모두 내 마음을 중심에 두고 신중하게 인연을 맺어야 한다. 타인의 생각에 맞추거나 혼자가 될까 두려운 마음에 맞지 않는 인연을 붙잡고 있다 보면 결국엔 탈이 나고 내게 상처를 입히고 만다. 나는 누군가와 인연을 끊게 되면 혼자가 될까 두려웠다. 그러나 그 감정 또한 나 자신에 대한 믿음이 없었기 때문에 생겨난 감정이었다. 내가 나를 믿고 사랑하면 내 삶에 방해가 되는 인연을 끊어낸다고 해도 절대 혼자가 되지는 않는다. 비워진 자리는 내게 더 잘 맞는 새로운 인연으로 채워지기 마련이다. 내게 긍정적인 영향을 주는 사람을 만나고 그 사람들과 어울리다 보면 어느새 내 주변엔 긍정적인 사람들로 가득 채워진다. 내 인생이다. 나를 위해 인연을 맺고 내 감정을 소중히 여겨야 타인과의 관계도 잘 맺을 수 있다.

이젠 AB형이 비타민C가 된다고 해도 그런 부류의 사람들로 인해 귀를 곤두세우거나 상처받지 않는다. 지나간 일의 상처로 인해 내게 다가올 좋은 인연도 멀리하지 않는다. 타인의 삶을 아무렇지 않게 F로 만들어버리는 사람들에겐 한

조각의 마음도 주지 않고 내 갈 길을 간다. 내 사람들로 채워질 새로운 인연들을 소중히 맞이하고 싶다.

주부
내 직업은 주부입니다

아이가 3총사를 만들었다. 2학년 2학기 때 전학 온 학교라 아이가 학교나 새로운 친구들과의 생활에 잘 적응할 수 있을지 가장 걱정이 되었었다. 비교적 밝은 성격의 아이라 2학년 때도 나름의 또래 친구를 만들어서 제법 잘 지내긴 했으나 보통 3학년부터는 또래 친구들의 성향에 영향을 크게 받는다고 해서 어떤 친구를 사귀게 될지, 잘 사귈 수는 있을지 내심 걱정스러웠다. 그러나 개학한 첫날부터 내 걱정은 쓸모없는 걱정이었음을 깨달았다. 첫날 하교하는 아이는 3명의 친구와 함께 손을 잡고 걸어 나오고 있었다. 엄마를 보자 "친구야 안녕~!" 하면서 헤어지길래 이것저것 마구 물어봤더니 아이는 자기 스타일의 친구들이 있어서 이름을 물어보고 바

그렇게 남들 기준에 맞추며 살지 않아도 돼

로 친구 하기로 했다며 조잘조잘 예쁜 입으로 이야기해줬다. 기특한 것. 엄마 어릴 땐 소심해도 너무 소심해서 이름을 먼저 물어보기는커녕 누가 이름을 물어보면 나한테 왜 이러냐고 도망치기 바빴는데, 내 미운 모습과는 닮지 않은 아이의 모습에 안도감이 올라온다.

내 어린 시절엔 엄마는 밤이 돼야만 볼 수 있는 존재였다. 사업을 말아먹는 아빠를 대신해 언제나 일을 해야 했던 엄마는 밤이 돼서야 지친 표정으로 집에 돌아와 남은 집안일을 하고 잠이 들곤 했다. 내 가정환경이 싫었던 난 집에 엄마가 항상 있는 친구들이 세상 부러웠다. 학교 가는 아이를 배웅해 주고, 돌아온 아이에게 간식을 챙겨주고, 잔소리도 해가며 숙제를 도와주고, 저녁을 차려주는 그런 엄마를 둔 아이들이 너무 부러웠다. 그런 경험을 단 하루도 해본 적이 없던 난 어쩌면 그런 엄마는 세상에 없는 TV 속 드라마에나 존재하는 엄마라고 생각하기도 했다. 그랬던 난 5학년 때쯤 어떤 예쁜 친구와 친해지게 되었고 그 친구네 집에 놀러 가게 되었는데 집에 도착하는 순간부터 놀라움의 연속이었다. 친구네 집 담벼락은 그 높이를 알 수 없을 정도로 거대했고 커다란 철문을 열고 들어가자 돌계단이 연못 위 연잎처럼 동동 놓인 채 나를 반겼으며 정원엔 과일나무가 심어져 있었다. 정원을 지나자 하얀 강아지들이 혀를 휘날리며 친구와 나에게 달려오고 있었다. 이곳은 정녕 집인 것인가, 대궐인 것인가, 그것도 아니면 천국인 것인가. 예쁜 친구와 똑 닮은 예쁜 친구 엄마는 시폰이 살랑거리는 앞치마를 두른 채 우리를 반겨 주셨다. 그리곤 200원짜리 컵떡볶이에만 길들여 있던 내 입맛과는 전혀 다른 달콤, 달달, 짭잘한 짜장떡볶이를 손수 만들어주셨다. 난 그날 집으로 돌아온 후 잠을 이룰 수 없었다. 마치 천국에 다녀온 듯한 기분에 취해 맨바닥에 이불을 깔고 자면서도 내 집 방바닥이 아닌 친구네 방에 있었던 핑크색 침대에 누워 있는 것만 같은 착각이 들었다.

그날의 기억 때문이었을까. 난 막연히 결혼하면 시폰이 살랑거리는 앞치마를 두른 채 아이와 가장 가까운 곳에서 아이의 일상을 지켜볼 수 있는 주부가 되는 로망을 품게 되었다. 멋진 커리어우먼에 대한 꿈은 밖으로 드러낼 수 있는 꿈이지만 막상 멋진 주부가 되고 싶다는 꿈은 쉽게 밖으로 내뱉기가 어려웠다. 대출을 받을 때조차 주부라는 직업은 명함도 내밀지 못하는 걸 보면 주부라는 직업은 어느 누구도 직업으로 봐주지 않는 불편한 어느 경계선에 놓여 있는 것 같았다.

나 역시 막상 아이를 낳고 경단녀가 되고 나자 언제나 주부를 대신할 그 어떤 직함을 원했다. 그런데 한편으로는 어쩌면 마음 깊숙한 곳에선 지금의 내 자리, 그러니까 주부로서의 삶을 원하고 있었는지도 모른다는 생각이 들었다. 어린 시절 보았던 시폰 앞치마를 두른 친구 엄마의 생글한 미소는 내가 보았던 그 어떤 엄마의 얼굴보다 빛나고 아름다워 보였다. 나 역시 커서 그런 얼굴이 되고 싶었고 그런 엄마가 되고 싶었다. 그리곤 생각했다. 어쩌면 난 지금 어린 시절 품었던 로망을 실현할 수 있는, 내가 얻고 싶었던 걸 아이에게 해줄 수 있는 위치에 있는 게 아닐까 하고.

어릴 때부터 좋아하는 친구가 있으면 꼭 집으로 불러서 저녁까지 먹이고 헤어지는 걸 좋아하는 내 아이. 아이는 지금도 여전히 본인이 친구 놀러 가는 것보단 친구를 집으로 불러 노는 걸 더 좋아한다. 이번에 친해진 삼총사 역시 벌써 여러 번 집으로 초대했다. 난 아이가 친구들과 약속을 잡겠다고 하면 그 약속을 1순위로 두고 시폰 앞치마를 장착한 엄마로 변신한다. 아이들이 좀 커지면서 엄마 없이도 자유롭게 친구 집을 오갈 수 있게 되었다. 집에서 노는 시간이 늘자 죄송해하는 엄마들에게 괜찮다고 말씀드리고 아이들이 오면 간식부터 저녁까지 집에 있는 모든 걸 끌어모아 먹여주고 편히 놀게 해 준다. 내가 가장 많이 해주는 간식은 바로 짜장떡볶이다. 아이들이 입가에 떡볶이 국물을 묻혀가며 맛있게 먹는 모습을 보면 따뜻한 행복감이 밀려온다. 어린 시절 내가 먹었던 그 맛이 날 수는 없겠지만 아이 친구들의 입맛에는 내가 먹었던 그날의 맛으로 기억될 수 있기를. 내가 부러워했던 그 어떤 사소한 것이라도 내 아이에겐 현실이 될 수 있도록 시폰 달린 앞치마를 동여매 본다.

오늘도 3총사와의 예약이 잡혀있다. 예약자분들의 기대에 어긋나지 않도록 준비를 철저히 하기 위해 마트에 간다. 내 얼굴에도 어린 시절 보았던 친구 엄마의 미소가 빛나고 있길 바라본다.

욱, 하는 성질
파이터 엄마는 되지 않겠어요

〰〰

　한때 내 몸속엔 말보단 주먹이 먼저 올라오는 파이터맨이 숨어있었다. 이건 전적으로 아빠의 기질을 닮은 것이다. 과거 아빠의 육아법을 오은영 박사가 봤다면 "잠깐만요!!"를 수도 없이 외쳤을 것이다. 아빠를 가정폭력범으로 경찰에 신고해 버렸을지도 모른다. 아빠의 욱하는 성격을 그대로 닮은 나의 언니는 일찌감치 가정을 꾸리는 일을 포기하고 혼자 살고 있다. 언니완 다르게 내향적 성격을 가진 나는 아빠의 성격은 하나도 안 닮았다는 말을 들으며 컸지만 그건 내 깊고 깊은 속내를 모르는 사람들의 얘기다. 난 평상시엔 비교적 차분하지만 내 기준에서 불합리한 일이 벌어질 땐 몸속에 숨어있던 발화점이 불타올라 미친년 저리 가라 싶을 정도로 광분하는 똘기를 발산한다.

초등시절 내 뒤에 앉아 자꾸 내 머리를 잡아당기고 나를 놀려대던 남자아이가 있었다. 난 그 아이 때문에 학교생활이 편치 않았다. 때론 그 아이의 행동에 공포를 느끼기도 하여 선생님께도 얘기해봤지만, 흔한 남자아이들의 장난이라며 대수롭지 않게 넘겨버리셨다. 어느 수업 시간, 또다시 나를 놀리며 머리를 잡아당기는 그 아이의 행동을 참을 수 없던 난 수업 도중 벌떡 일어나서 교과서를 들고 그 아이 양쪽 볼기짝을 연속 10회 후려쳤다. 그 아이의 놀란 얼굴에선 쌍코피가 흘러내렸고 사태 파악을 못 하고 멍하니 쳐다만 보고 있던 선생님과 반 아이들 사이에서 난 분이 덜 풀려 씩씩대며 홀로 서 있었다. 다행히도 그동안 그 남자아이 때문에 힘들다고 선생님께 얘기를 해놓았기에 내가 얼마나 화가 났으면 그랬겠냐며 선생님께선 별다른 처벌을 하지 않으셨다. 물론 그 후로 그 남자아인 절대로 내 곁에 다가오지 않았다.

실은, 난 내 속에 흐르는 파이터 아빠의 피를 스스로 느끼고 있었다. 다만 그 피를 갈아버리고 싶을 만큼 싫어했기에 내 몸속 깊은 곳에 발화 단추를 숨겨둔 것뿐이었다. 스스로 그 단추를 누르지 않기 위해 얼마나 인내하고 참아왔던가. 하지만 육아가 시작된 후 내 속에 꼭꼭 감춰놓았던 아빠의 피는 마구 소용돌이치며 나를 흔들기 시작했다. 내 마음대로 되지 않는 아이와 전쟁을 치를 때마다 난 끓어오르는 분노를 이를 악물며 참아내야 했다. 절대로 아빠의 손버릇을 내 아이에게 대물림하고 싶지 않았지만, 시도 때도 없이 내 밖으로 튀어나오려고 하는 악마 같은 본능은 호시탐탐 나를 잡아먹으려고 기다리는 듯했다.

딸아이가 5살 때였다. 내 무릎에 앉아 놀던 아이가 갑자기 내 뺨을 장난치듯 때렸다. 그다지 의미가 있는 행동이거나 아플 정도는 아니었으나 난 순간적으로 눈이 돌아버렸다. '감히 네가 엄마를 때려?' 파이터 아빠로 인한 기억으로 인해 누군가 내 몸에 손을 대는 일에 유난히 민감했던 난 나를 때린 아이가 갑자기 작은 악마로 보였다. 내가 그렇게까지 너를 사랑해 줬는데, 그 순간 '감히'라는 생각만이 내 머릿속을 가득 채웠다. 눈이 돌아버린 난 작은 가방에 아이 짐들을 마구 욱여넣으며 소리 소리를 질러댔다. 당장 나가버리라고. 너 같은 아이는 엄마한테 필요 없다고. 아이는 공포에 질려서 눈물을 터트렸고 난 그런 아이의 작은 손목을 억세게 잡은 채 현관까지 끌고 갔다. 한번 터져버린 폭언은 빗발치듯 나오기 시작했고 아이는 울며 빌기 시작했다. 현관에 앉아 울며불며 비는 아이를 보는데 갑자기 과거 어린 시절 내 모습이 겹쳐 보였다.

　아빠는 내가 작은 잘못을 하나 해도 나를 집 밖으로 내쫓곤 했다. 버릇없이 아빠를 쳐다봤다고. 밥값을 못한다고. 무슨 이유 때문인지 제대로 알지도 못하는 나에게 아빠는 세상 분풀이를 다하며 나를 현관 밖으로 밀어 버리곤 했다. 난 그때마다 오줌을 지릴 정도로 아빠가 무서웠고 현관 밖 세상은 춥고 두려웠다. 지나가는 사람들 모두 나를 쳐다보는 것 같은 모멸감에 휩싸여 숨죽여 울며 서 있었다. 그랬던 내가 아빠와 똑같은 행동을 하고 있었다. 파이터 아빠 딸에 딱 걸맞은 파이터 엄마가 되어선 내 아이에게 똑같은 방법으로 폭언을 하며 소리치고 있었다. 순간 제정신이 돌아오기 시작했다. 나 스스로가 섬뜩했고 내 속에 흐르는 피가 소름 끼치게 싫었다. 아이를 안고 미안하다며 울고 또 울었다. 아이를 위한 눈물이기도 했지만 어린 시절의 나를 향한 눈물이기도 했다. 내 작은 아이는 아무 죄도 없었고 그때의 나 역시 아무 죄도 없었다.

　나는 내 본능을 억누르는 게 아닌 인정하고 받아들이고 용서해야 했다. 어린 시절의 난 아무 힘이 없었지만, 지금의 나는 옳은 길을 선택할 수 있고 내가 원하는 삶으로 나를 이끌어 나갈 수 있는 힘이 있다. 모든 핑계를 아빠에게 돌리며 그 뒤에 숨는 게 아닌 내 삶을 정면으로 마주 보고 살아야 한다. 난 변하고 싶었다. 이유 없이 내 기분에 따라 화를 내지 않기 위해 난 아이를 키우는 내내 수없이 많은 책을 읽었다. 책은 어린 시절의 나를 위로해주고, 순간의 감정에 휩쓸리지 않고 옳은 결정을 내릴 수 있는 가르침을 주었다. 아이에게 분노하는 본질적인 이유에 대해서 박혜윤 작가의 《숲속의 자본주의자》는 말한다.

분노와 관련한 뇌의 화학물질이 분비된다. 그러면 몸이 느낀다. 이 최초의 화학반응이 혈류에서 완전히 빠져나가는 데에 90초가 걸린다고 한다. 90초가 지나도 계속 분노를 느끼는 것은 이 화학반응을 지속시키겠다는 나의 선택이다.

박혜윤 《숲속의 자본주의자》

나의 선택. 이것이 가장 중요했다. 내가 하는 모든 행동의 선택과 그에 따르는 결과는 온전히 내게 있었다. 90초의 시간. 무척이나 짧은 시간이다. 이 시간만큼은 있는 그대로 분노를 느끼되 90초가 지난 후에는 선택해야 한다. 계속 화를 낼 것인지, 그만 그 감정에서 벗어날 것인지. 나는 몇 번의 시도와 연습을 반복하며 매번 화를 내지 않는 선택을 하기 위해 노력했다. 쉽지 않았지만 지속적으로 화를 낼 때 소모되는 불쾌한 에너지보다 화를 멈추고 난 후 느끼는 쾌감이 훨씬 만족스러웠다. 그렇게 내 감정을 다스리는 습관을 들였더니 더 이상 아빠를 탓하지도, 내 몸속에 숨어있는 욱하는 성질에 반응하지도 않게 되었다. 어느새 9살이 된 아이가 가끔 내게 말한다.

"엄마는 잔소리꾼이지만 나한테 화를 내진 않아. 쪼끔 착한 엄마긴 해."

새로운 관계가 형성된다. 난 아빠와는 다른 선택을 했고 그로 인해 내 아이에게 아빠의 영향은 단 1%도 미치지 않게 되었다. 내 피는 나 스스로 갈아버렸다. 아이 또한 자신만의 선택들을 해나가면서 커 나갈 것이다. 나를 응원했듯이 내 아이의 모든 선택을 응원할 것이다.

아이 뒷담화
네가 없는 자리에선 너의 얘기는 금지

집에서 머리를 쥐어뜯으며 글을 쓰다가 도무지 잘 써지지가 않아 콧바람 좀 쐴 겸 동네 카페에 갔다. 집에서도 커피는 마실 수 있지만 밖에 나와서 혼자 음미하며 마시는 커피 맛은 막힌 머리도 뚫어주고 밀려오던 잠도 싹 달아나게 해준다.

'역시 커피든 뭐든 남이 해주는 게 맛이 좋구먼.'

만족스러운 미소를 띤 채 다시금 글을 쓰기 시작하자 집 밖을 나와서 그런지 막혔던 글도 살살 풀리기 시작한다. 이런 기회가 흔치 않다는 생각에 키보드에 손가락을 날리고 있는데 갑자기 전화벨이 울린다. '띠리리리 착한 동생. 띠리리리 착한 동생' 아는 동생에게서 걸려 온 전화다. 착한 동생은 보통 고민이 있을 때 전화를 하는 편이라 망설임 없이 전화를 받았다.

"언니, 잘 지내고 있지? 통화 괜찮아?"

"응, 그럼, 그럼. 나야 잘 지내지. 별일 없고?"

"언니… 우리 은쪽이를 얼마 전에 씻기는데 글쎄, 머리에 엄지손가락만 한 땜빵이 생겨 있는 거야."

"헉. 아니, 웬 땜빵이?"

"병원에도 가봤는데 건강상의 이유는 아니고 그게 스트레스 때문에 일시적으로 생긴 거라 하더라고. 스트레스 원인을 없애주면 나을 거라는데…."

"어머, 어린애도 스트레스로 머리가 빠지는구나. 은쪽이가 무슨 스트레스가 있길래."

"사실 요즘에 수학학원 가기 싫다는 말을 많이 했거든. 학원에서 보는 레벨 테스트도 부담된다고, 숙제도 너무 많다고 힘들어하긴 했는데. 그렇다고 지금 와서 끊을 수는 없어서 내가 토닥여서 보내고 있었는데…. 아무래도 그게 원인인 거 같아."

"아이고. 그 수학학원 힘들기로 유명하던데 은쪽이가 많이 힘들었나 보네. 지금이라도 끊고 좀 쉬게 해줘 봐. 은쪽이는 수학학원 말고도 다니는 데도 많잖아. 잠시 쉬어도 충분히 잘 할 거야."

"그래도 지금 끊기엔 지금까지 해온 게 너무 아까워서…."

착한 동생은 본인도 공부를 잘한 편이라 학구열이 좀 있는 편이었다. 수학학원 말고도 문해력학원, 영어학원, 피아노학원, 수영학원 등을 은쪽이가 초등학교 1학년이었을 때부터 꾸준히 보내고 있었다. 거기다 집에선 학습지도 하고 있어서 은쪽이는 주중에 얼굴 볼새 없이 바쁜 아이였다. 교육방식이야 집마다 기준이 다르기에 난 착한 동생의 방식을 존중하지만 나와는 많이 달랐기에 서로 그 부분에 관여하진 않았다. 착한 동생은 교육 방향은 다르지만 내게 종종 은쪽이 고민에 대해서 털어놓곤 했는데 이날도 그런 날 중 한 날이었다. 내 대답은 언제나 비슷했다. 은쪽이에겐 놀 수 있는 시간이 필요한 것 같으니 학원가는 일은 잠시 쉬게 하라고. 그러면 스트레스도 줄어 땜빵도 나을 거라고. 은쪽이에게도 스스로 하고 싶은 일을 찾을 수 있는 시간을 주라고 말했다. 그러나 동생은 지금까지 해온 게 아까워서 어떻게 끊냐는 말을 반복했고 우린 이 얘기로 거의 반나절을 통화했다. 결국 착한 동생

은 아무래도 언니 의견대로 수학학원이라도 쉬게 해봐야겠
다며 결론 내렸고 난 맛있던 커피도 식고 쓰던 글도 저 먼 곳
으로 날아갔지만 그래도 동생과 은쪽이에게 도움을 준 것 같
아서 뿌듯한 마음으로 노트북을 접고 집으로 돌아왔다. 그리
고 며칠 뒤, 나는 착한 동생과 은쪽이가 걱정되는 마음에 안
부 전화를 걸었다.

"착한 동생아, 예쁜 은쪽이의 땜빵은 많이 줄어들었겠지?"

"아, 언니. 그건 아무래도 천천히 시간을 두고 치료해야
할 것 같아"

"으응? 스트레스를 줄여줘도 쉽게 낫지가 않는 거야?"

"그게…. 내가 은쪽이랑 얘기를 해봤는데 얘가 수학이 싫
은 게 아니라 그 학원이 싫었던 거라고 하더라. 그래서 숙제
도 덜하고 좀 편하게 수업한다는 다른 수학학원으로 알아봐
서 거기로 옮겨서 다니고 있어. 아무래도 지금 학원을 끊어
버리기엔 했던 게 너무 아깝잖아."

"아…. 그럼 다시 학원을 열심히 다니고 있는 거구나…."

"응, 언니. 주변에 물어보니까 이런 것도 애들이 커가는 과
정이래. 적응되면 알아서 나아진다고들 해. 은쪽이도 학원을
옮긴 후부터는 별말 없이 잘 다니고 있어(방긋방긋)."

'착한 동생아. 그럼 나한테 전화는 왜 한 것이고 나랑 반나 절이나 토론은 왜 벌였던 것이냐. 그것도 모르고 난 보지도 못한 은쪽이 땜빵이 눈에 아른거려 꿈에서도 그 땜빵이 나를 쫓아 댕겼는데!'라고 말하고 싶었지만, 이 속마음은 마음속에 꾸욱 누르고 "아하하하하하!" 하고 맑게 웃으며 통화를 종료했다. 착한 동생은 원래 이런 식으로 결말을 자주 짓던 동생이라 그러려니 하면서도 이번에는 괜한 생각이 밀려 올라왔다. 긴 시간 동안 투자했던 내 에너지와 식어버린 커피. 날아가 버린 글감도 아깝다는 생각이 들었다.

동생은 아이가 등원을 한 후에 엄마들을 만나든, 나와 통화를 하든 언제나 아이 얘기를 주제로 삼는 편이다. 그러나 난 엄마들의 모임을 멀리한 후 개인적인 만남을 갖는 자리에선 아이 얘기를 나누는 걸 최대한 자제하고 있다. 자제한다기보단 아예 꺼내지 않는 편이다. 그냥 내 얘기를 하는 게 좋고 그것만으로도 할 얘기는 넘쳐난다. 아이 얘기를 나누고 온 날이면 항상 뭔가 찝찝하고 허탈한 기분이 든다. 내가 아이에게 잘하고 있는 부분이 주제가 된 날엔 야릇한 우월감이 나를 감쌌고, 내가 아이에게 잘못하고 있는 부분이 주제가 된 날엔 기분 나쁜 열등감이 밀려오곤 했다. 그 감정들이 싫었다. 아이는 이미 등교해서 내 눈앞에 없는데 나는 아직도 아이를 붙들고 옆집 아이와 비교하며 잔소리를 하고 있는 기분이 들었다.

아이 때문에 고민을 털어놓는 엄마들의 얘기를 들어보면 이미 답을 알고 있는 경우가 대부분이다. 위안을 얻고 싶고 동질감도 얻고 싶은 마음은 당연하지만 결국 집안에서 해결해야 하는 문제가 대부분이다. 다른 누군가에게 위안을 얻고 싶어 꺼낸 얘기가 잘못 퍼져서 내 아이에게 결점이 되어 돌아올 수 있고, 좋은 마음에 해준 상대방 아이에 대한 충고가 상대 엄마에게 상처로 남아서 감정싸움으로 번져버릴 수도 있다. 아이에 대한 여러 고민과 걱정거리들은 좋든 싫든 남편과 함께 나눠야 한다. 나이가 들어가면서 남편과 할 얘기도 많이 없어지는데 아이 고민을 떠안겨주면 전우애와 동지애를 상승시킬 수 있다. 그리고 초 단순한 남편에게서 의외로 해결 방법이 나오기도 한다. 나는 나와 만남을 갖는 당신이 궁금하지, 당신의 아이가 궁금하진 않다. 나를 만나러 시간을 내준 당신도 그랬으면 좋겠다. 누구 엄마가 아닌 포비 언니나 동생 아니면 포비 씨로 마음을 터놓을 수 있는 친구가 되고 싶다.

착한 딸 대신 나다운 딸

잘라버려 대물림
아빠 같은 남편을 누가 만난대

어린 시절 아빠는 공포의 대상이었다. 보이는 대로 엎고 던져버리는 맨손파이터였다. 자기 기분에 따라서 화를 냈고 걸핏하면 밥상을 뒤엎었으며 엄마와 우리를 때리고 바람을 피웠다. 먹고 사느라 바빴던 엄마는 언제나 집을 비웠고 번번이 사업 실패로 살림을 말아먹던 아빠의 파이터 대상은 언니와 내가 되곤 했다. 난 아빠의 모든 점이 다 싫었지만, 밥상을 뒤엎을 때가 제일 미웠다. 가만 보면 아빠는 혼자 밥그릇을 다 비울 때쯤에야 밥상을 뒤집곤 했었다. 밥을 다 먹지도 못했던 우린 굶어가며 아빠가 던진 밥상을 치워야 했다. 밥상을 엎을 때조차 이기적이었다. 그렇지만 성질이 나도 물건 같은 건 던지지 않았다. 다시 사야 하는 게 더 성질이 났던 것이다.

　어린 시절 내 꿈은 아빠와 정반대의 남자를 만나서 집을 탈출 하는 것이었다. 그때 세상에서 제일 듣기 싫은 말이 있었다. 딸은 아빠 같은 남자를 만나 결혼을 하게 될 것이란 말이었다. 그건 마치 자라나는 새싹에게 '네 앞날은 거지발싸개 같을 거야!!'라며 내리는 저주문처럼 느껴졌다. 나는 아빠 같은 남자는 만나지 않겠다는 걸 삶의 좌우명처럼 되뇌었지만, 현실은 그렇지 않았다. 망할 저주문이 어느 정도는 효과가 있는 것인지 난 다혈질에 허세만 가득한 아빠 미니미들을 만나곤 했다.

　고등학교 때 만난 놈은 버스에서 우연히 나를 본 이후 너 없는 삶은 죽음뿐이라며 학교도 가지 않고 등하교하는 나를 쫓아다녔다(그렇다. 고등학교 땐 청순했다). 그놈은 말로만 듣던 일진이었다. 순정만화를 너무 많이 봤는지 모범생 여학생과 문제아 남학생의 사랑 얘기가 머릿속에 그려지던 난 그놈이 매력적이라고 느꼈고 만화처럼 그놈을 구제해 주고 싶었다. 결과적으론 그놈 따라 껌 씹으며 오토바이 탈 뻔한 날 학교 선생님께서 구제해 주셨다.

대학 시절 만난 놈은 천하에 바람둥이였다. 그놈은 매일 벤치에 누워 사색을 했다. 삶이란 무엇인지, 죽음이란 무엇인지 벤치에 누워 헛소리를 할 때마다 난 그놈이 테리우스 같았다. 내가 외로워도 슬퍼도 캔디가 되어서 테리우스 곁을 지켜주고 싶었다. 그놈 쫓아다니다가 학과 수업을 낙제받고 낙심하던 어느 날, 그놈 곁에는 이미 캔디가 3명 이상은 존재하고 있었다는 사실을 알게 됐다. 난 단물 쪽 빠진 캔디였던 것이다.

사회생활을 하게 되면서 난 드디어 아빠와 정반대의 사람을 만나게 되었다. 3년을 만난 그 사람은 청담동에 거주하며 경기고와 K 대학을 나온 전형적인 맞춤 신랑감이었다. 뿌듯했다. 얼굴은 좀 메주같이 생겼지만, 성격도 온순하고 진지한 성격이라 뭐 하나 아빠랑 비슷한 점은 단 한 개도 없어 보였다. 그런데 그놈은 반전이 있는 놈이었다. 일산에 살던 날 태우러 그놈이 우리 동네에 온 날이었다. 어린아이 한 명이 차 앞을 천천히 걸어가고 있는 걸 보더니 혼잣말로 중얼거렸다.

"촌것들이 왜 이리 늦게 걸어."

와, 씨알. 그놈은 나를 일산 촌것으로 보고 있었던 것이다. 중간중간에 느껴졌던 그놈의 요상한 우월감이 단순히 내 기분 탓이 아니었다는 걸 깨닫게 되던 날이었다. 그렇게 그 청담동 메주놈과의 연애도 막을 내려버렸다.

내 연애는 언제나 폭망이었다. 자존심 세고 즉흥적이고 가끔은 폭력적인 그런 놈들에게서 왜 벗어나질 못하는지. 내 속에 뿌리 깊게 박혀버린 아빠라는 형체는 그 이상의 남자를 볼 수 있는 눈을 나에게 심어주질 않은 것 같았다. 내 무의식이든 뭐든 결국 아빠와 비슷한 남자와 엮여버리는 나 자신이 너무 싫었다.

더 이상 기다리고만 있지 않고 내가 직접 찾아 나서기로 했다. 아빠의 존재부터 끊어내기로 마음먹고 집을 나가겠다고 선포했다. 아빠는 예상처럼 또다시 금세라도 후려칠 기세로 벌게진 얼굴로 나를 노려봤으나 난 완강하게 짐을 쌌다. 아빠가 떠오를만한 물건은 집에서 하나도 가지고 나오지 않았다. 좁아도 천국 같은 원룸을 구했고 나만의 공간에서 나를 성장시키는 시간을 가지며 나를 채워가는 시간을 가졌다. 더불어 같은 실수를 반복하지 않도록 나에게 어울리는 사람,

내가 바라는 사람을 구체적으로 매일 되새기면서 나 또한 그에 맞는 사람이 되기 위해 내 생활도 충실히 해나갔다.

내 끝없는 노력에 하늘도 감동한 걸까. 머리부터 발끝까지 겉모습부터 몸속 장기까지 모든 부분에서 아빠와는 정반대인 남편을 발견했다. 딱 내가 원하는 사람이었기에 나에게 별 관심 없던 그에게 오백 번 대시를 했고 결국 그를 얻어냈다. 그와 함께하는 15년 동안 그에게서 단 한 번도 아빠라는 그림자를 떠올릴 수 없었다. 간섭이 심했던 아빠조차 자신과 너무 다른 남편에게는 선을 지키려 했다. 그 덕에 난 결혼 후 아빠와 적당히 거리가 있는 사이를 유지하고 있다.

무의식은 무의식일 뿐이다. 잘못 박힌 무의식은 내가 반대로 뒤집어버리면 오히려 달게 쓰일 수 있다. 맨손 파이터 맨에게 자라나 폭망한 연애로 청춘을 보냈지만 어쩌면 내가 겪은 여러 경험 덕에 사람을 바로 볼 수 있는 눈이 생겼고 나에게 맞는 남자를 결국 채 올 수 있었다. 저주가 풀리고 마법은 다가온다. 저주를 풀 수 있는 힘은 백마 탄 왕자님에게 있지 않다. 대물림을 끊기 위해 노력하고 준비하는 나 자신에게 있다.

떨어져 살아요 친정
우리나라에서 가장 먼 곳으로

●●●●

　결혼 후 친정과의 거리는 2~30분 정도였다. 그리 멀지도, 심하게 가깝지도 않은 거리다. 난 친정엄마와는 많은 걸 터놓고 얘기하는 편이지만 아빠는 언제나 가까이하기엔 너무나도 먼 그분이었다. 나이가 들어갈수록 아빠는 자식들에게 충성과 복종을 기대했다. 아빠가 부르면 언제든 찾아가서 같이 밥을 먹기를 원했고 전화도 매일 해주길 원했다. 명절이든 공휴일이든 쉬는 날에도 꼭 한 끼라도 함께하기를 당연하듯 바랐다. 난 친정에서 밥만 먹으면 어린 시절 아빠가 날려버려서 상다리가 부러진 채 실려 나갔던 우리 집 밥상들의 마지막 모습이 떠올라서 숨이 막히곤 했다. 매번 아빠의 기분을 살펴대며 의무적으로 한술, 한술 떠먹었던 숨 막히던 밥상 앞의 기억은 성인이 된 지금도 친정에만 가면 무한 반복됐다. 그로 인해 주말만 되면 친정에 안 가도 되는 이유를 머리를 쥐어짜며 만들어냈고 그럼에도 다녀온 날에는 소화불량으로 저녁까지 아무것도 먹을 수가 없었다.

아빠는 내 남편에게마저 권위적이었다. 항상 아랫사람 대하듯 위에서 군림하며 집에 뭔가가 고장 나거나 컴퓨터가 잘되지 않을 때, 아무 때나 전화해서 해결해달라며 성화였다. 남편이 퇴근 후 친정에 들렀다가 집에 오면 최소 두 시간이 걸렸고 이와 같은 생활이 반복되자 답답한 마음이 들었다. 몸은 분명히 떨어져 있는데 내 온 생활이 모조리 친정에 얽매여 있는 것 같았다. 친정과의 과한 접촉은 서울 생활을 접고 이사를 고민하는 데에 큰 영향을 미쳤다. 서울 생활을 접고 어딘가로 떠나게 된다면 친정과도 멀어질 수 있을 것이라 기대했다. 그 생각만 하면 숨통이 트이고 심장이 두근거릴 만큼 기분이 좋았다.

결국 친정에서 가장 멀고 먼 제주로 이주를 확정한 후 친정에 알렸고 엄마, 아빠는 거품을 물며 반대했다. 너희가 우리를 버리고 간다며. 남들은 나이가 들수록 부모와 가까이에 산다는데 너희는 그 반대로 가장 먼 곳으로 간다며 노발대발했다. 나는 너무나 안타까운 표정으로 제주가 그리 먼 곳은 아니라며, 이해와 반 포기 상태 그사이 어딘가를 기대하며 제주로 내려왔다.

제주에 내려오고 시간이 지날수록 친정과의 멀어진 거리감이 현실로 느껴졌다. 세상에. 너무 좋았다. 저 멀리 보이는 한라산을 볼 때마다 밥상에서 벗어난 내 자유를 느끼곤 했다. 물론 엄마에겐 미안한 마음이 있었지만 매주 아빠와 밥상을 마주 봐야 한다는 의무감에서 벗어나자 내 속에 오랫동안 얹혀있던 큰 짐이 사라진 기분이었다. 부모님의 입장에서는 서운하시겠지만 결혼 후 부모님 근처에서 살아온 기간만 8년이었다. 충분한 시간 동안 멀지 않은 곳에서 함께 지냈고 그에 따른 남모를 스트레스도 많이 받았다.

주변을 보면 부모님과 잘 지내는 사람도 있지만 사실 말을 꺼내지 못해서 그렇지, 사이가 좋지 않은 사람도 많이 있다. 과거 부모로부터 받은 묵은 감정의 잔해들을 자식 된 도리로 이해하고 넘어가야 한다고 생각하는 경우도 많다. 부모니까, 어른이니까, 이제 나이가 들었으니까, 자식은 언제나 이해해야 한다고 생각하는 것이다. 그런데 자식도 자식이기 전에 사람이다. 아무리 부모를 이해하려 해도 이해할 수 없는 부분이 있을 수 있다. 그러니 때론 부모이기에, 어른이기에, 부모가 조금이라도 변하는 모습을 보여주어야 한다. 진심 어린 사과가 필요할 수도 있다. 그렇지 않으면 부모라는 둥지를 떠난 자식들이 영영 돌아오지 않을 수 있다. 또한 부모와 자식이 더 이상 개선될 수 없는 관계라면 적당히 먼 거리에서 자신의 자리를 지키며 사는 게 서로를 위한 길이라 생각한다. 내 마음을 알아달라 재촉할 수도, 용서를 강요할 수도 없다. 내 마음은 내가 다스리며 각자의 공간에 머물러야 내 삶을 지킬 수 있다.

제주로 이주 후 아빠와의 관계가 조금 개선되었다. 대장암을 투병 중인 아빠는 아픈 와중에도 잔소리와 짜증을 달고 산다. 제주로 내려오지 않았다면 아마도 아빠의 투병에 우리 가족까지 얽혀서 다 같이 힘든 매일을 보내고 있었을 것이다. 엄마 말고는 기댈 곳 하나 없이 투병 중인 아빠의 삶이 요즘은 가끔 안쓰럽게 느껴질 때도 있다. 그렇다고 아빠의 삶을 완벽히 이해한 건 아니다. 그저 아빠가 힘들지 않은 노년을 보냈으면 좋겠다. 딱 그만큼이 내가 할 수 있는 내 마음의 선이다. 지금의 거리가 좋다. 먼 곳에서 응원하고 싶다. 아빠 곁을 지키고 있는 엄마의 삶 또한.

엄마의 전화
누가 누구의 감정 쓰레기통일까

●●●●

오늘도 어김없이 전화가 울린다. 오전, 오후, 저녁, 주중, 주말도 없이 하루도 빠짐없이 울리는 엄마의 전화. 안 받으면 받을 때까지 울리는 이놈의 전화. 엄마의 전화는 정말 지독히도 울린다. 나의 평온한 클래식 벨소리는 엄마라는 발신자명을 보는 순간 구급차 사이렌 소리로 변신이 된 채 내 귓가에 소리친다. "어서 받아. 삐용삐용~ 당장 받아~ 받을 때까지 울릴 거야. 삐용삐용~" 엄마는 하루에 일어나는 모든 일을 나에게 말하곤 하는데, 문제는 그 모든 부정적인 감정들이 고스란히 내게로 전달된다는 것이다.

"네 아빠가 오늘은 또 뭐라는 줄 알아? 거실에 등을 하나

더 켜놨다고 오전 내내 잔소리를 한다. 저번 달에 전기세가 많이 나온 게 엄마 탓이라는 둥 아주 종일 거실 등 얘기만 하고 있다. 네 언니는 아빠가 잔소리한다고 시끄럽다고 소리 지르고 문을 쾅 닫고 들어가선 방안에선 뭘 하고 있는지 모르겠고…."

아빠에 대한 원망과 짜증, 언니에 대한 답답함과 걱정거리들은 매일 반복되는 엄마의 일상이고 그 일상은 엄마를 통해서 내게도 매일 반복된다. 아이를 낳기 전 사회생활을 할 때는 엄마의 전화를 스팸 전화처럼 취급하고 대부분 받지 않았다. 그렇게 해도 미안함도 몰랐다. 그땐 엄마의 감정에 무심했고 가족보다는 내 삶을 둘러싼 타인들과의 관계에만 집중해 있었다. 그러다 육아가 시작된 후 엄마 역시 나와 비슷한 고민을 겪으며 살아온 한 여자라는 걸 깨닫자, 나는 엄마의 감정 쓰레기통이 되어갔다. 남편에게 어떨 때 서운한지, 아이 때문에 뭐가 힘든지 내 삶을 보는듯한 엄마의 얘기들에 마음으로 공감했다. 육아 후 책도 많이 읽게 되고 글까지 쓰게 되자 나의 공감력은 더더욱 치솟아 올랐고 그렇게 나는 엄마의 하소연에 아주 적합한 감정 쓰레기통으로 거듭났다.

얼마 전 엄마는 아빠가 간식으로 오징어땅콩 과자를 사오라고 한 것마저 하소연하셨다. 난 분명 뭔가 중요한 걸 하고 있었던 것 같은데 엄마의 전화를 받고 나자 머릿속엔 오징어땅콩만 맴돌고 있었다. 울화가 치밀어 올랐다. 오징어땅콩까진 얘기 안 해도 된다고, 나 지금 저녁 차려서 바쁘다며 엄마에게 확 짜증을 냈다. 엄마는 순간 아무 말이 없었다. "그래 알았다. 내가 너무 전화를 많이 했지. 바쁠 텐데 끊자." 엄마와의 통화는 그렇게 찜찜하게 끝이 나버렸다. 엄마는 그날 이후로 며칠간 전화를 하지 않았다. 첫날은 후련했다. 뭔가 허전하긴 했지만 귀찮은 전화가 오지 않자 마냥 편했다. 둘째 날부턴 걱정이 되기 시작했다. 무슨 일은 없는지, 마음이 많이 상한 건 아닌지, 3~4일이 지나자 난 내가 엄마에게 졌음을 인정해야 했다. 엄마의 일상이 궁금해지고 엄마와 통화하고 싶어졌다. 3~4일 동안 묵힌 내 얘기를 할 곳이 필요했다. 내 얘기를 들어주고 무조건 내 편이 되어주는 사람의 다독거림이 그리웠다. 그동안 난 착각을 하고 있었다는 걸 깨달았다. 엄마의 전화를 항상 내가 받아준다고 생각해왔는데 그 반대였다. 내 안부를 엄마가 쭉 물어봐 준 것이었다. 엄마가 돼버린 딸을 한 여자로, 한 사람으로서 위로해주고 있었던 건 내가 아닌 바로 엄마였다. 엄마는 내가 커오는 모든 순간 그래 왔듯이 내 변화에 발맞춰 항상 내 곁에서 힘이 되어주고 있었다.

"엄마, 별일 없어? 왜 이리 조용해."

"네가 바쁘잖아. 엄마가 괜히 자꾸 전화한 거 같아서…. 별일은 없지?"

"바쁘긴…. 나 오늘 시율이 머리 자르고 왔는데 엄마, 안 궁금해?"

"어머, 머리 잘랐구나. 사진 좀 찍어서 보내 봐. 잘 어울려? 엄마는 글쎄 방금 네 아빠가 붕어빵을 사오라고 해서 나왔잖니. 먹고 싶으면 빨리 좀 얘기하지 다 저녁에 무슨 붕어빵을 먹겠다고 사오라는 건지…."

엄마는 오징어땅콩에 이어 붕어빵 얘기를 시작했고 난 엄마의 푸념을 듣다가 엄마의 목소리가 달달하면서도 뜨거운 붕어빵 같다고 생각했다. 급히 먹으면 데어버리는 붕어빵처럼 급히 받고 끊어버리면 그 따뜻하고 깊은 속을 제대로 맛보지 못하고 사라질 수 있는 것. 언제 어디서든 내 전화는 꼭 받아주는 엄마가 어느 날 사라져버리게 된다면 어떨까. 아무리 전화하고 싶어도 받지 못하는 곳에 가버리신다면 그때 난 누구한테 위로를 찾을 수 있을까. 엄마는 내가 필요할 땐 영원히 내 곁에 있는 존재라고 당연히 생각해왔다. 어쩌면 오늘 내가 짜증 내고 끊어버린 전화가 마지막 전화가 될 수도 있는 것. 한 치 앞을 모르는 게 사람 인생일 것이다. 친구도, 남편도, 자식도 내 편이 아닌 것만 같을 때 무조건적으로 내 편에 서서 나를 응원해 주는 사람은 오로지 엄마뿐이었다. 내가 어떤 말을 하든, 어떤 짜증을 내든 엄마는 항상 내 얘기를 그대로 듣고 온몸으로 흡수해주었다. 내가 엄마의 감정 쓰레기통이냐며 생색냈지만 사실 엄마가 평생 나의 감정 쓰레기통이었다. 그 지속적인 위로와 믿음 덕분에 난 언제나 바로 설 수 있었다. 살아계실 때, 아직 곁에 계실 때 한 번이라도 더 엄마 얘기를 들어 드려야겠다. 그 얘기들이 쌓이고 쌓여 내가 정말 혼자라고 느껴지는 날 따뜻한 붕어빵 한입 먹으며 엄마를 추억할 수 있었으면 좋겠다.

엄마의 선택

엄마, 왜 이혼하지 않았나요

"엄마, 왜 아직도 이혼을 안 해?"

"에휴, 무슨 소리야. 이 나이에 무슨 이혼."

"황혼이혼도 많잖아~ 지금이라도 이혼하고 편하게 살아."

"됐다. 지금 와서 무슨 놈의 이혼을 해. 쓸데없는 소리."

어린 시절 우리 집은 콩가루였다. 더 심한 콩가루도 물론 많을 테지만 내 기준에선 콩가루 집안 뽑기를 한다면 격려상 정도는 받을 수 있을 정도였다. 콩가루 집안의 필수 조건은 무조건 그 집안의 가장 아빠다. 아빠의 레벨에 따라 그 집의 콩가루 수준은 정해진다고 볼 수 있다. 밖에서는 스마일맨이면서 집에만 들어오면 복싱 링 위에 올라가듯 폭력과 폭언을 분출해 내는 파이터 아빠가 나는 너무 싫고 무서웠다. 콩가루 집안의 법칙은 아니지만 대부분 그 집에 첫째는 아빠의 희생양이 된다. 우리 집 역시 마찬가지였다. 언니는 아빠의 폭력에 가장 많이 노출됐었다. 언니는 아빠에게 받은 상처로 인해 점점 반항아가 되어갔다. 치마가 짧아지고 화장을 하기 시작했으며 멋진 오빠들 등에 매달려 오토바이를 타더니 그 길로 집을 떠나버리고 말았다. 파이터맨이었던 아빠는 언니에게 휘두르던 주먹이 갈 길이 없어지자 엄마와 나에게 화풀이를 하기 시작했고 난 그럴 때마다 오토바이를 타고 홀연히 떠나버린 언니를 미워하면서도 부러워했다. 언니는 가끔 내 앞에 몰래 나타나서 용돈을 쥐여주며 말하곤 했다.

"너라도 공부 열심히 해라."

아빠가 파이터맨이어서 그랬지, 언니 덕분에 주머니는 꽤 두둑했다. 어쨌든 난 용돈은 받고 공부는 열심히 하지 않았다.

매일 밤 언니와 엄마를 기다렸다. 언니는 언제쯤 집으로 돌아올지. 엄마의 퇴근 시간은 언제쯤일지. 언니는 의적의

홍길동이 되어선 아빠를 아빠라고 부르지 않으며 엄마와 나만 만나려 드문드문 나타났다가 사라졌고 엄마는 그런 언니를 안타까워하며 매일매일을 일에 찌들어 사느라 밤늦게 지친 몸으로 들어오시곤 했다. 어린 내가 보아도 엄마의 삶은 하루하루를 견디는 것일 뿐 아무런 재미도 보람도 없어 보였다. 가족끼리 정답게 웃은 적도, 함께 외식이나 외출을 한 적도 없었다. 난 그런 엄마가 어느 순간 내 곁을 떠나버릴까 봐 항상 불안했다. 부부싸움 또한 밤마다 벌어지는 일상이었다. 싸움은 매번 극으로 향했고 그날 밤도 마찬가지였다. 긴 밤이 지났고 다음 날 엄마는 일을 나가지 않았다. 퉁퉁 부은 얼굴로 밤새 무슨 생각을 한 듯 앉아 있었고 아빠가 밖을 나가자마자 엄마는 짐을 싸기 시작했다. 엄마는 나를 쳐다보지도 않은 채 짐을 들고 현관문을 향해 급히 걸어 나갔다. 그 뒷모습을 놓치는 순간 다시는 엄마를 보지 못할 것이란 무서운 예감이 나를 감쌌다. 난 부엌으로 달려가 커다란 식칼을 들고 현관문 앞에 섰다. 엄마가 나가는 순간 난 죽어버릴 거라고. 엄마도, 언니도 없는 이 집에서 난 살아야 할 이유가 없다고. 고작 초등학교 6학년이었던 난 내 목숨을 빌미로 엄마를 붙잡고 늘어졌다. 엄마는 주저앉아 펑펑 우셨다. 바들바들 떨며 손에 꼭 쥐고 있던 칼을 엄마는 내려놓게 했고 그날 이후론 다시는 집을 나가거나 나를 불안하게 만들지 않았다. 굳건히 삶을 하루하루 살아내셨고 그렇게 지금껏 내 곁에서 나를 지켜주고 계신다.

엄마는 그날의 기억은 까맣게 잊은 듯 살고 있다. 하지만 구렁텅이 같은 삶에서 용기 내어 벗어나려 했던 엄마의 앞길을 막았던 그날의 기억을 난 한시도 잊은 적이 없었다. 나 살겠다고 간신히 용기 낸 엄마의 결심을 무너지게 만든 건 아닐까. 엄마의 인생을 붙잡아버린 내 이기적인 행동에 대한 죄책감과 미안함이 항상 마음에 남아있다. 조금만 더 커서 어른만 된다면 엄마를 그땐 놓아줄 수 있을 것 같았다. 하지만 난 어느 순간에도 엄마를 놓지 못했다. 항상 '조금만 더, 조금만 더'라며 되뇌었다. 그렇게 어느새 70이 넘어버린 엄마에게 이제야 뻔뻔하게 왜 지금껏 이혼하지 않고 살고 있냐고 묻고 있다. 마치 언제나 난 엄마의 이혼을 바랐고 허락해왔던 것처럼, 그날의 기억 따윈 마치 없었던 일인 것처럼 그렇게 엄마에게 묻고 있다.

"엄마는 사는 게 쉽진 않았어도 너희랑 떨어져 살 생각은 한 번도 해보지 않았어. 이혼을 하면 아빠 성질상 당연히 너희까지 연을 끊게 했을 텐데 엄마가 그럼 살 수가 있었겠냐…. 그리고 괜히 엄마 때문에 사돈댁 입방아에 오르게 만들 일을 지금 와서 왜 만들어. 쓸데없는 소리 말고 너희 가족 건강이나 잘 챙겨."

엄마의 선택은 그 어떤 상황에서도 항상 우리였다. 엄마는 아빠가 아닌 우리를 선택했기에 이혼하지 않고 살아올 수 있었다. 어쩌면 엄마는 그 옛날 내가 엄마를 말렸던 그날의 기억을 품고 사셨을지도 모르겠다. 그날 내가 꼭 쥐고 있던 칼의 기억을 엄마의 두툼하지만 따뜻한 손으로 완전히 덮어주기 위해서, 엄마는 평생 너를 떠나는 선택 따윈 절대 하지 않는다는 걸 보여주며 살아오셨다. 엄마의 선택 덕분에 파이터 아빠도, 홍길동 언니도, 이기적 인간 포비도 조금은 더 나은 사람이 되어가고 있다. 어린 시절 엄마를 막아 세웠던 죄책감을 털어버리고 더 이상 엄마에게 왜 이혼하지 않느냐며 다그치지 않는다. 엄마의 선택을 존중하고 엄마가 지켜온 울타리를 존경한다.

아빠의 대장암 4기
난 몹쓸 년이다

〰〰

　슬프지 않았다. 아니, 어쩌면 혹시나 하며 이미 예상했는지도 모르겠다. 아빠는 최근 들어 배가 자주 아프다고 했다. 본인 건강에 워낙 예민했던 사람인지라 때마다 건강검진을 빼놓지 않았고, 한약도 매번 (혼자)지어 먹었고, 영양제는 하루에 몇십 알을 먹는지 알 수 없을 정도였다. 불과 3개월 전에도 대장내시경과 피검사를 해봤고 모든 게 깨끗하다고 나왔던지라 아빠는 단순히 심한 장염 정도로 생각하는 듯했다. 그런데 난 왠지 느낌이 좋지 않았다. 찜찜한 마음에 포털에 '배 통증'이라 검색했고 대장이 깨끗하다면 췌장 쪽이 안 좋은 경우 종종 배 통증을 유발할 수 있다는 글을 봤다. 그 뒤로 어쩌면 나는 확신하고 있었는지도 모른다. 진단도 받기 전부터 아빠의 암을 먼저 예상하고 그걸 이미 확신하고 있는 내 모습은 천하에 몹쓸 년이 따로 없을 행동이지만, 난 그냥 아빠가 암일 것 같았다. 설마 암이길 바랐던 건 아니었냐고 누가 묻는다면 노코멘트라고 말하며 대답을 피하고 싶을 만큼 어찌 됐든 난 몹쓸 년이다.

검사 결과 아빠는 대장암이었다. 그것도 말기. 3개월 전에 했던 대장내시경에 아무것도 안 나온 건 아빠의 대장암은 찾기가 아주 힘든 소장에 근접해 있는 부위였기 때문이었다고 한다. 대장과 소장 사이에 생긴 암 덩어리는 아무도 모르게 말기가 될 때까지 자라고 있었다. 마치 내가 아빠를 미워하고 싫어했던 모든 감정이 아빠의 몸속에서 암 덩어리가 되어 자리잡힌 것 같았다. 죄책감도, 측은함도, 서글픔도, 아무 감정도 들지 않았다. 삶의 결말은 누구에게나 정해져 있는 것 같았고 아빠의 결말이 암이란 사실은 몹쓸 년인 내 기준에선 오히려 어울린다고까지 느껴졌다. 예상은 했지만 무덤덤해도 너무 무덤덤한 내 모습은 내가 봐도 좀 너무했다.

아빠는 좋은 가장이 아니었다. 폭력, 폭언, 허세, 바람으로 가득 찬 나쁜 남편이자 나쁜 아빠였다. 엄마는 아빠와 살면서 안 해본 일이 없이 살아왔다. 빌딩 청소, 목욕탕 때밀이, 식당 허드렛일, 모텔 청소까지 사업하느라 돈만 가져다 쓰는 아빠와 살면서 언니와 나를 먹여 살리려고 엄마는 평생을 일해왔다. 아빠는 언제나 새 양복을 빼입고 다녔지만, 엄마는 겉옷은 물론이고 오래 입어서 구멍 난 속옷을 몇 년씩 입으셨다. 언니와 내가 성인이 된 이후부터 천운인지 아빠 사업이 잘 풀려 엄마의 고생은 끝날 수 있었지만 엄만 젊을 때 했던 고된 일들로 인해 지금도 무릎을 절고 계신다. 그래서 아빠와는 뭐 하나라도 엮이기 싫었다. 일찍이 독립을 했고 아빠와 정반대인 남자와 결혼을 해서 내 어린 시절과는 정반대인 온기 있는 가정을 꾸리고 살고 있다.

아빠의 대장암 소식에 나만큼 무덤덤한 사람이 있었으니 바로 내 언니였다. 측은해하거나 걱정하기는커녕 오히려 금세 나을 것이라며 콧방귀를 꼈다. 이 금세 나을 것이란 언니의 얘기는 절대 긍정적인 얘기가 아니다. 말기라고 난리 치다가 결국 주변 사람들 다 고생시키고 혼자 멀쩡히 나을 것이란 의미가 함축되어있는 말이었다. 아빠의 암 소식에 반응하는 언니와 나를 보니 우리 집이 진정 콩가루 집안이었다는 걸 새삼 느꼈다. 결코 언니를 탓할 순 없다. 첫째라는 이유로 나보다 몇 배는 심한 아빠의 모든 폭력을 다 받아내며 살아야 했으니까. 어쩌면 이 모든 건 아빠가 만들어 낸 결론인지도 모른다.

엄마에게 얼마 전 전화가 왔다. 평생 희생하며 살아온 엄마는 아빠의 암 투병에 그저 아빠가 이겨낼 수 있기를 바라며 삼시 세끼를 정성으로 해먹이고 있다.

"포비야, 동네에 점 잘 보는 이모가 있는데 갑자기 그 이모가 엄마를 보더니 한마디를 하는 거야."

"뭐라는데? 점 본 거야?"

"아니, 점은 무슨. 괜히 이상한 얘기 할까 봐 듣기 싫다고 말하려고 하는데, 그 이모가 아빠가 아픈 게 엄마를 대신해서 아픈 거라고 하더라고. 엄마 올해가 나가는 삼재인데 그 삼재를 아빠가 대신 받고 있는 거래."

"헐."

"그 이모 말이 길어야 3년이래. 엄마는 과부로 몇 년 살 팔자래. 아빠가 엄마 대신 아픈 거니까 가기 전까진 잘해주라고 하더라."

엄마와의 짧은 통화 이후로 아빠의 암 소식에 대한 내 태도는 달라졌다. 평생 엄마를 힘들게 하며 살더니 마지막엔 그래도 큰 도움 하나는 주는구나 싶었고 아빠에게 처음으로 고마운 마음이 올라왔다.

맞다. 난 몹쓸 년이다. 그래도 솔직한 년이다. 거짓으로 슬퍼하거나 걱정하진 못하지만, 아빠가 고마울 땐 고마워할 줄 안다. 이후론 아빠에게 매일 전화를 한다. 치료는 잘 받고 있냐고 어디 아프진 않냐며 진심을 다해 묻는다. 아빠의 마지막 역할이 엄마 대신 아픈 것이라면 난 충분히 인정하고 잘해 드릴 수 있다. 이런 부모도 있고 이런 자식도 있다. 아빠가 암에 걸렸다고 해서 그동안의 모든 묵은 감정을 털어내고 눈물의 화해를 하는 관계도 있겠지만 난 그런 연기는 할 수 없었고 대신 지금 다른 이유로 감사함을 느끼고 있다. 매일 안부를 묻는 나에게 아빠는 진심으로 고마워하신다. 아빠도 진심이고 나 역시 진심이다. 결론은 우리 모두 다 좋아졌다.

아빠가 완쾌하실지 정말 3년을 넘기지 못하고 돌아가실지 알 순 없다. 그저 너무 아프지 않기를, 너무 힘든 과정이 되지 않기를 바라고 있다. 아빠를 위해서도 그리고 엄마를 위해서도.

아빠의 투병
주변인도 같이 아프게 하는 사람

아빠는 어느새 항암 9차까지 맞았다. 처음 대장암 4기를 진단받았을 때 언니가 했던 말대로 아빠의 투병 생활은 본인은 아주 건강하게, 그리고 주변인은 아주 피 말리게 진행되고 있다. 객관적으로 보면 아빠의 암은 대장암 4기라는 단어가 무색할 정도로 치료가 잘 진행되고 있다. 항암 주사도 몸 전체가 아닌 암이 있는 부위를 겨냥해 소량의 양을 투여하는 방식이라 머리도 빠지지 않고 구토도 없으며 몸무게도 줄지 않고 있다. 항암 주사의 부작용은 아빠가 아닌 아빠의 주변인들에게 일어나고 있다. 암을 치료해가는 과정이니 어느 정도의 고통은 당연히 있을 수밖에 없건만 아빠는 조금만 아파도 죽겠다며 주변에 별별 짜증을 다 내고 있다. 살이 빠지면 안 된다며 하루 삼시세끼에 간식까지 산해진미 좋은 건다 먹겠다는 자세다. 저러다간 엄마를 시켜 산삼이라도 뜯어오라고 보챌 기세다. 전자레인지 한번 돌리는 것도 할 줄 모르며 살아온 분이라 엄마는 종일 끼니를 챙겨주느라 잠시도쉴 틈이 없다. 아빠의 짜증은 엄마로 그치지 않고 나와 내 남편에게까지 무한 영향을 끼치고 있다. 우리가 의사도 아니건만 병원에서 지어준 약들을 하나하나 다 인터넷으로 검색해보라며 하루에도 몇 번씩 전화를 하고 전화를 안 받거나 안부 전화를 한 통이라도 하지 않으면 아픈 아빠에게 관심이 없는 것들이라며 가만히 있는 엄마를 들기름이 무색할 정도로 들들 볶아댄다.

아빠는 2년 전 폐암과 코로나로 돌아가신 시아버님의 상태와 자신의 상태를 비교해대느라 남편에게 시도 때도 없이 전화를 한다. 아버님이 폐암으로 투병하실 땐 안부 한번 묻지 않던 아빠는 본인도 같은 암이란 병에 걸리자 이제야 암이란 질병과 그 과정에 대해서 남편에게 꼬박꼬박 물어댄다. 시아버님은 폐암 말기에 수술도 되지 않는 상태였고 항암도 3차까지밖에 받지 못하시고 돌아가셨다. 아빠의 상태완 비교할 수 없는 중환자셨건만 남편이 무슨 암 전문 의료인도 아닌데 매번 자신의 증상을 얘기하며 이 약은 먹어도 되는 건지, 내 배는 왜 아픈 건지 묻고 또 묻는다. 시아버님의 투병 과정과 지금 친정 아빠의 투병 과정은 그 병의 위중도 다르지만 모습 또한 너무나도 상반되어 있다. 시아버님은 폐암으로 투병하시면서도 자신의 몸보다는 본인이 떠난 후 남게 되실 시어머님과 우리 걱정을 하셨다. 그래서 자신의 아픈 몸 상태를 우리에게 얘기도 꺼내지 않으셨다. 돈 없고 박복한 삶을 사셨지만, 인품 하나는 훌륭하셨다. 난 지금도 그 인품을 남편에게도 물려주셔서 시아버님께 참 감사한 마음이다. 타고난 인품은 돈으로도, 그 어떤 것으로도 살 수도 바꿀 수도 없다.

아빠의 암 투병은 주변인들만 고생시키고 본인은 멀쩡히 나을 것이란 언니의 그 예언대로 착실히 이루어지고 있다. 경과가 좋아 항암도 3번만 더 맞으면 더 맞을 필요가 없다고 하고 관리만 잘하면 완치라고 볼 수 있다고 한다. 아빠는 완치라는 판명을 받아도 평생 관리라는 목적 아래 지금과 같이 산해진미를 찾아 먹으며 매일 자신의 몸 상태를 들여다볼 것이다. 그 과정에서 주변인들을 들들 볶아대겠지. 차라리 아빠가 직접 산삼이라도 따러 산속 깊은 곳이라도 찾아 들어가 자연인이 되어 살았으면 좋겠다. 그러고 보면 우리 엄마는 진정 인내심이 끝내주는 분이다. 어떻게 저 모든 행동을 매일 참고 사시는지 저러시다가 쓰러지시는 건 아닌지 아빠보단 언제나 엄마가 걱정이다.

치매에 걸려도 곱게 걸리는 분이 있다고 한다. 한평생 남에게 피해 안 주고 곱게 살아오신 분은 치매라는 병이 뇌를 잠식한다고 해도 본성은 헤칠 수가 없기에 평생 살아오신 고운 모습을 그대로 유지할 수 있다고 한다. 반대로 평생 친정 아빠처럼 본인만 알고 본인을 위해 살아온 사람은 병에 걸려도 아주 지독하게 병치레를 한다. 아빠가 만약 암이 아닌 치매였다면 벽에 바르는 똥 정도는 일상처럼 발라댔을 것이다.

얼마 전 이른 아침 엄마에게 전화가 왔었다. 아빠가 밤새 배가 아파서 한잠도 못 자고 아침 일찍 병원에 와서 접수를 해놓은 상태라고 하셨다. 며칠 전 항암도 잘 받았고 검사 결과도 좋아서 아플 이유가 없을 것 같은데 갑자기 아프다는 아빠 때문에 엄마 역시 한잠도 주무시지 못한 채 걱정으로 목소리가 떨리고 있었다. 혹여나 또 수술하게 되는 건 아닌지, 갑자기 어디로 전이가 된 건 아닌지 엄마는 울먹거리며 나에게 전화를 걸었다. 그런데 난 별일이 아닐 것 같았다. 이런 적이 한두 번이 아니기에 우선 엄마에게 걱정하지 말고 의사 선생님께 진료를 들어보라 했다. 얼마간의 시간이 지났고 엄마에게 다시 전화가 왔다.

"포비야, 네 아빠 검사 다 했는데…."
"그래, 뭐라고 하서? 어디 전이라도 된 거야?"
"하, 그게 아니고 글쎄. 네 아빠 장에 똥이 가득 찼단다. 그래서 배가 아팠던 거래."
"뭐? 똥이 차서?"
"엑스레이 찍어보니까 장이 다 똥이란다. 엄마는 그런 줄도 모르고 밤새 얼마나 걱정했는지."

알고 보니 처방 약으로 변비약을 받았는데 아빠는 변비약은 먹을 필요가 없다며 그 약을 먹지 않고 있었던 것이다. 결국 항암치료로 장에 유산균이 없어진 상태에서 아빠의 장엔 변이 계속 쌓이고 있었던 것이었다. 전이가 된 건 아니어서 다행이었지만 또 의사 얘기를 듣지 않고 혼자 판단해서 약을 먹지 않고 밤새 엄마를 힘들게 한 아빠에게 너무 화가 났다. 아빠는 그렇게 진단을 받고서도 의사 말을 100% 믿지 못해

추가 CT 촬영까지 예약을 해놓고서야 병원을 나오셨다. 지금도 여전히 변비약을 띄엄띄엄 먹으며 배가 아플 때마다 죽겠다며 나와 남편에게 전화를 해서 오늘 본 변에 모양과 형태 색깔에 대해서 얘기를 한다. 그럼 난 매일 똑같은 위로와 용기를 주는 말을 하며 내일은 더 나은 똥이 나와줄 것이라고 대답한다.

사람은 누구나 언젠가 삶의 마지막 순간을 맞이할 것이고 그 과정이 순탄치 않을 수 있다. 친정 아빠와 시아버님은 같은 암을 앓았지만 다른 과정을 밟고 있다. 두 분을 보며 내 마지막 순간을 생각해본다. 내게 선택할 수 있는 시간과 상황이 주어진다면 내 곁에 있는 사람들의 남은 시간을 걱정할 수 있는 온전한 정신이 남아있으면 좋겠다. 꺼져가는 내 몸 상태를 지켜보는 것만으로도 마음이 저릴 가족들에게 내 고통을 일일이 다 열거하며 그들에게 또 다른 고통을 주고 싶지 않다. 아빠를 보며 먼 훗날 내가 어떻게 행동할지를 다시금 생각해본다. 난 그 어떤 순간이 온다 해도 의사 선생님이 아닌 다른 누군가에게 매일의 내 똥 상태를 말하진 않을 것이다. 내 몸의 상태는 온전히 내가 책임지고 싶다. 가족에게 위로를 기대할 순 있겠지만 강요할 순 없다. 내 가족이 마지막 순간에 나를 외면한다면 그것 또한 내가 쌓아온 삶의 결과일 것이다. 내 장을 걸고 맹세하고 싶다. 장에 칼이 들어와도 아무도 내 똥의 안위는 모르게 할 것이다. 내 마지막은 내가 책임지겠다.

이해의 시간을
아빠, 당신을 이해해 봅니다

●●●●

"네가 보고 싶어서…."

처음 듣는 아빠의 감정표현이었다. 무뚝뚝하고 이기적이
고 평생 내게 아픔을 주던 아빠의 입에서 내가 보고 싶다는
말을 듣는 순간 가슴에서 뭔가가 덜컹 떨어지는 것 같았다.
몇 주 전 아빠는 다시금 배에 통증을 느꼈다. 유별난 성격 때
문에 배까지 경련을 일으키는 것이라고 생각했다. 그러나
CT 촬영 결과는 암의 재발이었다. 자잘하게 퍼진 암이 다시
대장을 막고 있다며 재수술이 결정되었다. 힘든 과정을 다시
밟아야 하지만 수술을 하면 나아지리라 생각하던 난 며칠 전
엄마의 떨리는 전화 한 통을 받았다.

"포비야, 담당 교수님이 갑자기 내일 보호자만 따로 보자고 하네…."

"왜? 무슨 일로?"

"자세한 얘기는 안 하는데 아빠 상태 보고 배 만져보고 하더니 고개를 절레절레 젓더라고. 그러더니 내일 보호자 면담을 좀 하자고 하셨어. 엄마 너무 떨려서 교수님을 만날 수가 없을 것 같아…. 아빠 몇 달밖에 안 남았다고 하면 어떡하니…."

엄마는 너무 많이 울고 있었다. 암 환자의 보호자만 따로 부르는 경우는 보통 얼마 남지 않았다는 얘기를 하려는 거라며 어떻게 이렇게 갑자기 이럴 수가 있냐며 엄마는 울고 또 울었다. 도무지 엄마 혼자 담당 교수님을 만날 수 없을 것 같아서 난 면담 전까지 도착할 수 있는 비행기 표를 바로 예매했고 그렇게 급하게 병원으로 향했다. 병원 로비에 앉아있는 아빠를 알아보지 못했다. 아빠는 다른 사람이 되어있었다. 측은하게 마른 어깨, 듬성듬성 빠져버린 머리칼, 거뭇해진 얼굴빛, 초점 흐린 눈동자, 얼굴 여기저기에 퍼져버린 기미와 검버섯들은 아빠에게 성큼 다가온 죽음을 있는 그대로 보여주고 있었다. 밥은 먹고 왔냐고 힘없이 묻는 아빠의 표정은 마치 아무 힘 없는 어린아이가 날 보며 애처롭게 울먹거리고 있는 것과 같았다. 푹 꺼진 눈동자로 아빠는 살고 싶다고, 살려달리고 소리 없이 계속 외치고 있었다. 평생 얼어붙어 있던 내 가슴에 쩡하고 금이 갔다. 눈물이 저절로 나왔다.

"아빠, 왜 여기서 앉아있어…. 병실에서 기다리지…."

"우리 딸이 자꾸 생각이 나서…. 네가 자꾸 보고 싶더라. 이렇게 보니까 너무 좋네…."

찔러도 피 한 방울 나오지 않을 듯이 건장했던 아빠는 어느새 찾아볼 수 없었고 삶의 후회만 가득한 늙고 왜소한 남자만이 나를 기다리고 있었다. 나를 보는 아빠의 눈엔 계속해서 눈물이 차올랐다. 아빠는 한평생 언니만을 바라봤다. 기대치에 비례해선지 불행히도 언니에게 더 많은 폭언과 폭력을 퍼부었고 그래서 결국 지금 언니와는 등을 진 사이가 돼버렸다. 언니는 아빠의 투병 동안 한 번도 아빠에게 연락하지 않았다. 죽음을 앞둔 아빠는 언니에 대한 배신감과 절망감으로 더 빠르게 주저앉았지만 이 상황에서도 언니에게 매달 꼬박꼬박 생활비를 보내주고 있다. 아빠가 언니에게 보내는 돈에는 많은 의미가 담겨있다. 커오는 동안 해왔던 모든 폭력에 대한 미안함, 가정도 없이 살아가고 있는 언니의 미래에 대한 걱정, 고맙다는 답 문자 하나라도 받고 싶은 애절함이 모두 담겨있는 돈이지만 언니에게 그 마음은 전혀 닿지 않고 있다. 아무리 그래도 어떻게 괜찮냐는 문자 한 통조차 없을 수 있냐고 한을 쏟아내지만, 언니의 삶을 가장 가까운 곳에서 봐왔던 나로선 언니의 마음도 충분히 이해할 수 있다.

난 아빠에게 언제나 탐탁지 않은 딸이었다. 혼자 잘 살아내도 혼자만 잘 사느냐는 질타를 받았다. 말이 없던 내 성격 또한 아빠는 못마땅해했다. 속을 알 수 없는 계집애라며 언니와 엄마나 잘 챙기라면서도 네가 뭘 할 수 있냐는 핀잔을 듣고 살았다. 난 언제나 말을 아꼈지만 2~3년 전쯤 아빠와 큰 싸움을 한 적이 있었다. 나는 딸이 아니냐며. 도대체 내가 어디까지 해야 하냐며 엉엉 울며 아빠에게 소리쳤었다. 아빠는 내가 내지르는 말들이 건방지고 괘씸해서 핸드폰으로 녹음까지 해놨다며 내게 협박 아닌 협박까지 했었다. 그 후론 내 마음은 완전히 차가워졌고 형식적으로 꼬투리만 잡히지 않을 정도로 아빠를 대해왔다.

그랬던 아빠가 처음으로 내가 너무 보고 싶었다며 나만 생각하면 눈물뿐이 나오지 않는다며 내 앞에서 울고 있다. 믿을 사람이 너뿐이 없다며. 자신이 가고 나면 네 엄마 좀 부탁한다며. 난 태어나 처음으로 아빠를 안아주었다. 무섭고 멀고 단단했던 아빠는 내 작은 품으로도 안을 수 있을 만큼 작아져 있었다. 사그라질 것만 같았다. 암의 고통은 아빠의 몸보다 마음을 더 크게 아프게 하고 있었다.

보호자 면담은 불행 중 다행으로 시한부 판정은 아니었다. 대신 암이 재발했기 때문에 수술을 다시 해야 하고 열어봐야 알겠지만, 수술을 못 할 수도 있고 한다 해도 합병증으로 힘들어질 수 있다는 얘기들이었다. 아빠의 병은 결말을 향해 달려가고 있다. 수술이 어떻게 될지, 얼마나 오래 견딜 수 있을지 지금으로선 아무것도 알 수 없다. 다만 지금 내가 확실히 알 수 있는 건 아빠를 향한 내 마음 속 감정의 변화다. 평생 미워해 왔던 아빠를 향한 내 마음은 아빠를 안아줌과 동시에 사그라들어버렸다. 아빠의 모든 삶을 이해할 순 없지만, 그는 내 아빠이기 이전에 나처럼 많은 실수를 하고 살아온 한 인간이었다. 삶의 마지막 문턱에 가까이 다가가고 있는 그는 지금 많은 걸 후회하고 있었다. 나는 나를 위해서도 아빠를 그만 용서하고 싶었다. 그를 위해서 내가 마지막으로 해줄일 또한 그의 삶을 이해해주는 것뿐이란 생각이 들었다.

"이제 와서 돌이켜 보면 그런 질타가 아무 소용없다는 것을 알겠어. 그러니 자기 자신과 주위의 모두와 화해하게. 타인과 자신을 용서하게. 시간을 끌지 말게, 미치. 누구나 나처럼 이런 시간을 가질 수 있는 건 아니야. 누구나 다 이런 행운을 누리지는 못하지."

미치 앨봄 《모리와 함께한 화요일》

아빠를 이해할 시간을 가질 수 있게 된 지금을 행운이라고 표현해도 될지 모르겠다. 쉽게 행운이라는 단어를 올릴 순 없지만 아빠의 삶을 더 이상 탓하며 살고 싶진 않다. 아빠의 병은 내게서 아빠를 앗아가겠지만 내게 아빠에 대한 기억을 새롭게 심어주었다. 그래서 아빠를 떠올리며 원망의 감정이 아닌 아련함이 깃든 서글픈 미소를 띨 수 있을 것 같다. 이것도 행운이라면 행운일까. 그의 고통이 너무 크지 않길. 이제야, 진심으로 바라본다.

그래서 지금 여기

맥주
나의 쉼표이자 마침표

오후 6시 정각. 드디어 수혈의 시간이 돌아왔다. 5시는 살짝 이르고 7시는 목이 말라 허덕이며 알게 된 나만의 시간. 냉장고를 열어 김이 서린 채 잘 익어 있는 맥주 한 캔을 꺼낸다. 딸각! 딸 때마다 경쾌한 이 소리. 한 모금 시원하게 들이켠다. 세상만사 걱정이 이 한 모금과 함께 내려가는 것 같다. 맥주는 내 삶에 언제 어디서든 함께했다. 아이를 낳기 전 회사에 다닐 땐 1차론 주로 삼겹살에 소주였지만 난 이상하게도 소주를 먹고는 취기가 잘 오르지 않았고 2차로 맥주로 목을 좀 축여줘야 서서히 취기도 오르고 말발도 올랐다. 회사 상사분들은 맥주만 마시면 동공이 살포시 풀려 헛소리를 툭툭 내뱉는 나를 두려워하면서도 즐거워했다. 평소 어려워서 하지 못하던 말들이 맥주의 힘만 빌리면 자연스럽게 술술 나오곤 했고 은근히 뼈가 있는 말들을 내뱉어도 맥주를 마셨다는 핑계로 유쾌하게 지나갈 수 있었다.

그 시절 무섭기로 소문난 상무님과 함께하는 회식 자리에서 내 자리는 하필 상무님 바로 앞자리였다. 자리 배치를 한 대리님을 속으로 욕하면서 호랑이 상무님 앞에 앉아있으려니 목이 계속 타들어 가는 것 같아서 연신 맥주잔을 비워댔다. 맥주병을 쌓아가며 무섭게 마시는 내 모습에 상무님께선 '애는 뭐지' 하는 눈빛으로 쳐다보시더니 말씀하셨다.

"자네, 무슨 고민이 있나? 무슨 술을 그리 많이 마시나."

이미 술에 취한 나는 대답했다.

"상무님이…. 호랑이같이 무서워서…. 그게 고민이에요!"

순식간에 회식 자리는 쥐 죽은 듯이 조용해졌다. 그렇지만 이미 내 입은 고삐가 풀려버렸고 배시시 웃으며 다음 말을 이어갔다.

"상무님, 좀 웃으시면 안 돼용? 전 정말 상무님이 무서워서 결재받으러 갈 때마다 오금이 저릴 정도로 긴장이 된다고요! 지금도 맥주를 하도 마셔서 오줌 마려운데 상무님 눈치 보여서 화장실도 못 가고 있잖아요!"

"자… 자네……."

상무님은 할 말을 잃은 듯 입을 벌리고 나를 바라보셨다. 옆에 있던 대리님은 내가 무슨 입방정을 더 떨지 두려우셨던지 급히 나를 화장실로 끌고 갔다. 대리님은 뭔 술을 그리 마셨냐며 상무님 앞에서 쓸데없는 소리 그만하고 입 좀 닫고 있으라고 잔소리를 했다. 그러나 이미 만취된 난 '어디서 개가 짖나'라는 표정으로 시원하게 볼일을 봤을 뿐이었다. 곧 2차로 노래방에 가게 됐고 흥이 오를 대로 오른 난 상무님께 블루스 한 곡 땡기자고 들이댔고 얼떨떨한 표정의 상무님은 어느새 나와 블루스를 추고 있었다. 그날 내 입방정 이후로 상무님은 회식 때마다 나를 부르셨고 나는 언제나 상무님 앞자리에 배정되어 그해를 보냈다. 그래서였을까. 난 그해 인사고과 최고등급인 S를 받았다. 누가 뭐래도 뿌듯했다. 맥주는 언제나 내게 기쁨 주고 사랑까지 주는 존재였다.

물론 사랑스러운 맥주는 내게 안 좋은 버릇도 생기게끔 만들기도 했다. 술에 아무리 취해도 집 비밀번호까진 잘 기억하고 누르고 들어오는데 그다음이 항상 문제였다. 집까진 멀쩡하게 들어와 놓고 신발을 고이 벗은 다음 현관에 누워서 신발을 안고 잤다. 겨울에는 더 포근했다. 부츠를 안고 자기 때문이다. 이 술버릇은 지금의 남편과 동거를 하면서부터 나아졌다. 남자친구는 신발들을 차곡차곡 쌓아 현관에서 잠을 자려 할 때마다 입만 살아서 떠드는 나를 겨우 끌고 들어와 침대에 눕혀주었다. 이때 버릇을 고치지 않았으면 난 아마 지금도 맥주를 마시다가 현관으로 기어가 신발을 꺼내 안고 자고 있을지도 모른다. 그래도 그 시절 부츠는 참 따뜻했다.

　본격적으로 맥주가 내 삶의 오아시스가 된 건 육아가 시작되고 난 후부터였다. 종일 아이에게 묶인 채 세상과는 단절된 삶을 사는 것만 같았던 이 시기에 맥주는 나의 제일 친한 친구이자 생명수였다. 처음 겪는 육아로 인해 뭐 하나 제대로 하는 게 없는 것 같을 때 맥주 한 캔을 들이키면 그 시원함에 마음이 안정되는 것 같았다. 맥주만의 적절한 취기는 육아와 병행하면서 마시기에 딱 좋았다. 아이의 이유 없는 변덕과 짜증에 속이 타들어 갈 때도 잠시 숨을 고른 채 까 마시는 맥주 한 모금은 나에게 꿀맛 같은 시간을 안겨주었다. 아이가 어릴 땐 맥주를 매일 까 마시는 엄마의 모습이 혹여나 교육상 좋지 않을까 봐 커다란 머그잔에 덜어 마시곤 했다. 그러나 싱크대에 쌓여만 가는 맥주 캔은 숨길 수가 없었고 아이 역시 맥주를 마신 후엔 한결 너그러워지는 엄마에게 익숙해져서인지 맥주를 사랑하는 엄마의 취향을 이상하게 생각하진 않고 있다. 오히려 18살이 돼서 처음에 마시는 술은 꼭 엄마와 먹기로 약속을 해놓은 상태이다(현실감 가득한 가정교육이다). 난 체구가 작은 편이라 마시는 맥주량에 비해 살이 찌지 않는다는 말도 듣긴 하지만 실은, 밥으로 배가 부르면 맥주의 참맛을 즐길 수 없기에 밥 대신 맥주를 깐다. 맥주를 위해 저녁밥을 포기했더니 그 덕에 48kg의 몸무게를 유지하고 있다. 남편은 이런 내게 차라리 소맥을 말아 마시라며 왜 도수도 낮은 비싼 맥주만 마시냐곤 하지만 소맥과는 비교할 수 없는 맥주만의 고유한 맛과 즐거움은 다른 술과는 비교할 수 없다. 맥주 덕에 속도 시원해지고 배도 부르고 기분도 좋고 일석이조가 바로 이런 걸 두고 하는 말이 아닐까 싶다.

김혼비 작가는 《아무튼, 술》이라는 책에서 반평생에 걸쳐 가장 많은 돈을 쏟아부은 것도, 가장 많이 몸속으로 쏟아부은 것도 술이라고 말한다. 난 이 문장을 읽고 맥주잔을 내리치며 공감했다. 나 역시 반평생 맥주를 마셔온 열정만큼 그어떤 상황에서도 맥주 한잔은 품고 갈 수 있는 여유를 갖고싶다. 건강도, 사랑도, 사람도 맥주 한잔과 함께할 수 있다면 그 어떤 고난이 밀려와도 자신감 뿜뿜이다. 맥주는 나를 쉬게 해주는 쉼표이자 하루의 마감을 기분 좋게 알려주는 마침표이다. 오늘도 난 맥주 캔을 깐다. 상무님과의 추억 속 블루스가 생각난다. 오늘 밤에는 맥주 한 짝 들이킨 후 남편과 함께 땡겨 봐야겠다. 그대의 눈동자에 치얼스.

뱃살

고등어가 너무했네

3주 전 자궁 적출 수술을 했다. 10년 전부터 있었던 자궁 근종이 점차 커져서 내 배는 임신 3개월 정도의 크기로 튀어 나와 있었다. 항상 배가 볼록했지만 자궁근종 때문이라고 생각해선지 크게 신경 쓰지 않았지만 자궁이 점차 커지면서 방광을 눌러 요실금까지 생기게 되자 수술을 결정하게 되었다. 일반적으론 병원에서 배에 작게 구멍을 뚫는 복강경 방식을 추천하는데 나는 이미 자궁이 많이 커져 버려서 배 아랫부분을 깔끔히 열고 자궁을 꺼내는 개복술을 하기로 했다. 절개 부위가 커서 불안하기도 했지만 10년간 볼록했던 뱃살이 이번 수술로 없어질 수도 있을 것이라는 은근한 기대감도 들었다. 그러나 나의 개복술은 그리 간단하지 않았다. 혈액 응고가 잘 안 되는 체질이라 근육막에 출혈이 생기면서 수술은 위급한 상황까지 가게 되었다. 다행히 우여곡절 끝에 출혈은 막았으나 배속에 차올랐던 피는 수술 후 일주일이 지난 뒤 제거해야만 했다.

뱃속에 차오른 피는 11cm 정도의 양으로, 거의 1L 삼다수 반 통 정도의 꽤 많은 양이었기에 그 피를 품고 있는 내 아랫배와 옆구리는 올챙이처럼 볼록 나와 있었다. 떨고 있는 나에게 의사 선생님은 수술이 아닌 시술이라며 조금은 불편할 수 있지만 괜찮을 거라고 하셨다. 그러나 마취도 없이 의학 드라마에서만 듣던 "석션!"을 외치시며 배 안을 호수로 헤집으며 피를 뽑아내시는데 나도 모르게 "으아아아악!!!!" 소리가 절로 나왔다. 그 순간 발로 간호사 선생님을 차버릴 뻔한 걸 나만의 지성과 의지로 겨우겨우 참아냈다. 겨우 시술은 끝났고 올챙이처럼 나왔던 배는 좀 정상적인 평평한 배로 들어가 있었다. 교수님은 밝게 웃으시며 배가 다시 볼록해지면 출혈이 생긴 것이니 한동안 주시하라고 말씀하셨다.

잠깐만. 배가 볼록해지는 걸로 출혈을 알 수 있다고? 출혈이 또 될 수도 있는 거라고? 그럼 배를 뚫어져라 볼 수밖에 없잖아! 집으로 돌아온 후 나는 매 순간 배를 주시하면서 남편에게 계속 물어보기 시작했다.

"오빠, 아까보다 배가 좀 더 나온 거 같지 않아?"
"아니, 비슷해 보이는데."

종일 종종거리며 걱정하던 나는 그날 밤 옷을 갈아입다가 문득 다시 거울을 봤다. 분명 오늘 아침보다 내 배는 더 튀어나와 있었다.

"오빠!!! 이번엔 확실히 더 튀어나왔지?"
"좀 그렇긴 하네. 너무 걱정하지 말고 내일 근처 병원이라도 한번 가보자."
"흑… 어떡해… 또 출혈이 생긴 거야. 확실해…. 흑…."

난 좌절했다. 기운이 쭉 빠지고 온몸이 액체가 되어 흘러내리는 기분이었다. 저녁 내내 난 소파에 온몸을 걸친 채 멍한 얼굴로 근심 걱정에 빠져 혼잣말을 중얼거려댔다. 아이와 남편은 내 눈치를 보면서 나를 위로해 주느라 진을 뺐다. 다음 날 아침 절망감에 빠진 난 이불 밖을 나오지도 못했고 아이 등교도 남편이 대신해줬다. 그리고 제정신이 아닌 나를 추슬러서 근처 병원으로 데리고 갔다. 난 좀비처럼 걸어가 진료실에 누운 채 선생님께서 해주실 말씀을 기다렸다.

"음⋯."

"왜요, 선생님⋯. 피가 많이 고였나요?"

"아니요. 1cm 정도 피가 보이긴 하는데 이건 큰 상관이 없고 아무래도 식사를 많이 하셔서 배가 나오신 것 같아요."

"네? 그럴 리가요. 어제 저녁을 좀 먹긴 했지만, 이 정도로 나오진 않았는데⋯."

출혈로 인한 빈혈로 창백하리라 생각했던 내 얼굴은 붉게 타올랐고 진료실을 나오면서 어제저녁 빈혈에 좋다며 고등어구이를 뼈까지 발라 먹었던 내 모습이 떠올랐다. 병원 밖으로 나온 난 먼 하늘을 쳐다봤고 남편은 혀를 끌끌 차며 말했다.

"고등어가 빈혈에 좋다고 두 마리나 먹더니 고등어 먹고 찐 뱃살이었네. 병원까지 와서 뱃살을 확인하고 싶었던 거야?"

"그게 분명⋯ 피가 고인 것 같았는데⋯."

"그렇게 먹는데 배가 안 나오겠냐. 얼른 집에 들어가서 그냥 좀 자."

내 건강염려증을 빙자한 뱃살은 이번에도 크게 한 건을 올렸고 남편은 이젠 익숙해질 만도 한 내 진상짓을 또다시 겪더니 도망치듯 회사로 달려나갔다.

난 정말 진지했다. 고등어를 좀 많이 흡입하긴 했지만, 고등어 두 마리가 내 뱃살을 이렇게 부풀릴 줄은 몰랐다. 고등어 정도는 먹자마자 온몸으로 흡수돼서 사라지는 가벼운 생선이 아니었던가. 오늘 이 글을 쓰면서 다짐해 본다. 이제 진상짓은 그만하고 내 사랑스러운 뱃살을 받아들여 보자고. 자궁도 나를 잘 떠나주었고 든든한 뱃살까지 나를 지켜주고 있는데 무얼 더 걱정하고 있는 걸까. 고등어로 가득 채운 뱃살은 그만 주시하고 현재에 집중해 본다. 좋아졌고 앞으론 더욱더 좋아질 것이다. 배에 힘 가득 주고 가만히 외친다. 포비 뱃살, 파이팅!!

거침없이 제주 이주
집도 절도 없어도 나는 부자

◟◟◟◟

 발가락이 꼬부라질 만큼 추운 날이었다. 12월 어느 날 우리는 제주로 이주했다. 8년간 살았던 김포를 떠나는 감정은 그리 시원하지만은 않았다. 더 이상 남은 미련도 없었고 원 없이 살아본 곳이라 생각했는데, 막상 떠나는 날이 되자 왠지 모를 쓸쓸함이 나를 감쌌다. 내가 조금 더 이곳에서 잘 살아보려고 노력했으면 어땠을지, 괜히 사서 고생을 하는 건 아닐지, 이곳에서 실패해서 도망가는 건 아닌지. 서둘러 떠나고 싶은 마음과 달리 후회 섞인 미련은 나를 다시 붙들고 흔들었다. 오묘한 기분이었다. 마지막 짐을 빼고 고양이 세 마리를 데리고 집을 나왔다. 문득 뒤를 돌아보니 우리 가족과 고양이들이 없어진 이 공간은 그냥 차가운 콘크리트 덩어리일 뿐이었다. 온갖 돈과 정성을 쏟아 부어 리모델링을 했던 집은 그저 빈 공간이 된 채 조용히 다음 주인을 기다릴 뿐이었다. 내 마음과는 다르게 집은 내 존재조차 모르지 않았을까 하는 쓸쓸한 마음이 밀려왔다. 다음 주인에게도 좋은 터가 되어주길 바라며 마음속으로 인사를 건네고 나는 공항으로 향했다.

세 마리의 고양이들을 데리고 공항을 누비는 우리 가족에게 시선이 쏟아졌다. 고양이들은 응답이라도 하는 듯이 늑대처럼 울어재꼈다. 좋은 곳으로 가는 걸 아는 것인지 고양들도 기내에선 얌전히 있어 주었고 비행기가 이륙하자 개운함과 통쾌함이 밀려왔다. '김포야 안녕. 이 언닌 제주로 뜬다!'라며 창문을 열고 소리치고 싶은 심정이었다. 연세로 계약한 작은 주택에 도착하자 마치 내 집에 온 것 같은 기분에 휩싸였다. 내 소유의 집은 아니었지만, 마음이 편안해선지 연세여도 내 집처럼 느껴졌다. 연세든, 전세든, 자가든 난 우리의 작은 주택에서 그 어떤 이사 때보다 짐 정리에 신경을 썼고 집안의 작은 부분까지 손길을 미쳤다. 불과 2년 전 브랜드 아파트를 리모델링해서 들어갔을 때보다 마음은 편안했고 설렘으로 심장은 두근거렸다.

저 멀리 보이는 한라산은 듬직하니 우리를 안아주는 것 같았다. 집 앞 들판에서 말님들이 뛰어다니는 모습을 보다 보니 내 눈앞에 보이는 모든 것이 다 내 것 같았다. 저 말은 내 말, 저 산은 내 산이라는 직인이 찍혀 있는 건 아니지만 내가 보고 느끼고 즐기는 감정만은 오롯이 내 것이기에 어찌 보면 부자도 이런 부자도 없지 않을까. 이래도, 저래도, 뭘 해도 부족해 보이던 몹쓸 부족병에 평생 사로잡혀 살았던 난 제주에 와서야 처음으로 스스로 부자라고 생각했다. 로또에 당첨된 것도, 새로운 집을 산 것도, 남편이 새로운 직장을 얻은 것도 아니었다. 보는 방향에 따라 가장 최악의 상황처럼 보일 수 있는 상황에서 난 최상의 기분을 느끼고 있었다. 그때 난 모든 삶의 형식과 규칙에서 벗어난 듯한 자유로움을 잔뜩 느꼈던 것 같다. 사람이 바뀌지 않는 이상 환경이 바뀐다 해도 삶의 변화는 없을 것이라 믿어왔다. 그러나 내 의지만으론 무언가 되지 않고 아무리 노력하려 해도 답답함만 밀려온다면 환경을 바꿔주는 것만으로도 많은 게 바뀔 수 있음을 깨달았다.

나는 제주를 택했지만 아마 제주가 아닌 그 어떤 곳이었다 해도 내가 있던 그곳을 떠나는 그 순간부터 삶은 이미 바뀌기 시작했을 것이다. 환경을 바꾼다는 건 많은 부분에서 쉽지 않았다. 두려웠고 막막했으며 미친 짓이 아닐까 나 자신을 의심하기도 수십 번이었다. 그러나 고민이 시작된 그 순간부터 이미 내 마음은 움직이고 있었다. 두려움 때문에 움직이지 않고 내 고민을 또 지나쳐버렸다면 난 그 어떤 변화도 맞이할 수 없었을 것이다.

생수 한 병도 어떻게 여기느냐에 따라서 그 가치가 달라진다고 한다. 먼지 쌓인 구멍가게에 있는 천 원짜리 생수도 굶주린 아프리카 주민들에겐 생명보다 빛나는 가치일 것이다. 고급호텔에 놓여있는 만 원짜리 생수도 다른 음료에 관심을 둔다면 한낱 물일 뿐이다. 나는 지금 스스로 선택해서, 산 좋고 물 좋은 제주에 와있다. 천 원짜리 생수도, 만 원짜리 에비앙도 아닌 백록담에서 굽이굽이 걸러온 제주 지하수만의 참된 맛을 찾으려고 노력 중이다. 내가 찾은 지하수는 고급 라벨도, 가격도 필요하지 않은 나만의 물맛을 만들어 낼 것이다. 제주 지하수 한잔 시원하게 들이키고 우선 오늘 여기서, 지금 할 수 있는 일을 한다. 한라산에서 내려온 공기 맛, 물맛이 참 끝내준다.

환경이 만들어준 내 가치
육지 찐따와 제주 반장

〰〰

찐따로 살아본 적은 없었다. 학창 시절에도 튀는 아이는 아니었으나 적당히 귀여운(강조하고 싶다) 모범생으로 잘 지내왔다. 사회생활을 시작한 후엔 술을 잘 마신다는 큰 장점을 깨닫게 되면서 웬만한 일은 술잔을 부딪치며 짠짠짠하며 털어버리곤 했다. 기쁨 주고 사랑받는 사회인까진 아니어도 적당히 낄 때 끼고 빠질 때 빠질 줄 아는 유머 있는 사회인 정도는 되는 편이었다. 그래서 인간관계를 너무 쉽게 본 것일까. 엄마가 된 이후로 어느 날 문득 모든 게 바뀌어있었다. 찐따가 되어버린 것이다. 추락하는 새에겐 날개가 있다던데 나는 정말 깃털 하나 없이 알통닭으로 추락해버렸다. 무슨 큰 사건이 일어났거나 누군가 나를 모함했거나 왕따를 시킨 것도 아니었다. 조금씩, 한 명씩 엄마들이 나를 떠나갔다.

제주로 오기 전 육지에서의 내 생활은 아이 키우는 게 전부였다. 30대 중반의 엄마들은 평균 이상의 학력과 경제력으로 가진 걸 모두 아이의 교육에 쏟는 분위기였다. 난 그들의 분위기를 따라가야 아이가 뒤처지지 않을 것이란 불안감에 사로잡혔다. 그래서 열심히 엄마들의 모임에 나가며 그들과 어울리려고 노력했다. 한 명의 엄마도 놓치지 않으려 했고 은근히 그들의 중심이 되고 싶었다. 그래야 내 아이에게 도움이 될 것 같았고 그렇게 신도시를 누비는 자랑스러운 '돼지엄마'(사교육에 대한 정보에 정통하여 다른 엄마들을 이끄는 엄마를 이르는 말)가 되어갔다. 그런데 돼지엄마가 되려고 하면 할수록 그들의 교육관에 의문이 생겨났다. 왜 이렇게까지 사교육에 매달려 살아야 하는 건지, 스스로가 하지 못한 걸 아이를 통해 이루고 싶은 건 아닌지, 정말 아이를 위한 게 맞긴 맞는지. 그들의 모임에 의구심이 생겼고 점점 그 모임에 나가고 싶지 않았다.

사교육에 열을 올리는 동네 엄마와 얘기를 나누던 중 문득 속으로 하던 생각을 말로 꺼내게 됐다.

"아직 어린애들한테 국영수에 예체능까지. 너무 급하지 않아? 아이를 위한다기보단 아이 공부 걱정을 덜고 싶은 나를 위한 선행이 아닐까. 좀 천천히 시켜도 되잖아."

동네 엄마의 눈빛은 돌변했다.

"언니, 언니는 집에 여유라도 있나 보네. 그게 아니면 무슨 아이 교육에 대한 대단한 철학이라도 있는 거야? 나는 직접 발로 뛰어다니며 어떻게든 저렴한 비용으로 선행이라도 좀 시켜 보려고 아등바등하는데 나를 위한 교육이라니. 나는 뭐 언니처럼 우아하게 지켜만 보고 싶지 않겠어?"

얼굴까지 붉어진 채 격앙된 톤으로 동네 엄마는 내게 쏘아댔다. 난 여유가 있어서가 아니라 5, 6세밖에 되지 않은 아이들에게 시키는 사교육이 너무 과열된 것 같아 꺼낸 말이었다. 내 의도와는 상관없이 순식간에 나는 엄마들에게 공공의 적이 돼 버렸다. 그들은 한순간에 차가운 시선과 말투로 나를 대하기 시작했고 그때부터 그들 모임에서 제외되며 찐따로 전락해버렸다. 찐따는 처음 겪는 감정과 입장이었다. 괜한 말을 해서 내 아이의 앞날을 내가 막은 게 아닐까 하는 후

회와 불안감도 들었다. 하지만 이미 돌이키기엔 늦은 것 같았고 사실 내가 무엇을 잘못한 건지 납득이 되지도 않았다. 한번 내가 찐따가 됐구나란 생각이 들자 하는 행동 하나하나가 다 찐따스럽게 느껴졌다. 아는 엄마한테 말 한마디를 건네도 찐따가 말을 거는 것처럼 느껴졌고 행동도 찐따스러워지는 것 같아 점차 엄마들을 피하고만 싶어졌다. 여자들의 세상은 한 번의 삐끗거림으로 세상 무섭고 두려운 곳으로 변해버린다.

세팔리 차바리의 《깨어있는 부모》에서는 말한다. 아이가 행복을 가져다줄 거라고 기대하는 대신 부모 스스로 다른 데서 행복을 찾으라고. 부모가 좋아하는 일을 하고, 홀로 조용히 내면과 교감하며, 매일 먹는 음식과 운동 그리고 겉모습을 편하게 받아들이는 태도 등을 통해 스스로를 소중히 여기는 것은 전부 아이에게 자기 자신을 소중히 여기도록 가르치는 방법이 된다고 한다. 난 나 스스로를 이곳에 찐따로 머물게 놔둘 수 없었다. 사교육에 쫓아다니지 않고 책을 읽고 공부를 하며 내 삶을 먼저 생각했던 진짜 내 모습을 찾고 싶었다. 결국, 나는 환경을 바꾸고 싶었고 우리 가족에게 맞는 다른 환경을 찾아 제주로 이주했다.

제주로 온 이후로 난 엄마들과의 만남은 전혀 하지 않고 있다. 엄마들과의 만남은 내게 맞지 않는다는 결론을 아주 지독하게 내려버렸다. 그러자 내 삶은 180도 바뀌었다. 진짜 나를 찾은 기분이다. 아이를 낳기 전 나는 공부하고 성장하고 나를 살피던 사람이었다. 내 모습을 찾기 위해 환경을 바꾸고 내 삶을 다시 꾸려갔다. 남편과 아이를 살핌과 동시에 내가 원하는 일들을 하고 나를 보살피기 시작하자 남편이 얼마 전 내게 이렇게 말했다. "포비가 돌아왔네."라고.

'포비언니'로서의 정체성을 갖고 살고 있다. '엄마'로서가 아닌, 그냥 '포비언니'로서 사람들을 만나고 관심사를 나누며 차를 마시고 공부하고 글을 쓴다. 제주 이주 후 2년 동안 나는 글쓰기와 관련된 만남만 이뤄가며 어느덧 모임의 반장 역할까지 (믿음직스럽게) 해내고 있다. 나는 똑같은 나일 뿐인데 육지에서 '엄마'로서의 난 추락한 찐따였고 제주에서의 '포비언니'로서의 난 글쓰기 모임의 똘똘한 반장이다. 단순히 환경이 바뀌어서 나란 사람의 가치가 바뀐 것만은 아니다. 어려움을 통해서 내 가치를 다시 점검하고 나다운 나로 돌아온 것이다. 바꿀 수 있다면 환경도, 만나는 사람도 모두 다 바꿔버려야 무엇이든 변할 수 있는 용기가 생긴다. 나를 찐따로 만든 엄마들이 걱정하던 아이의 교육도 제주에서 자연스럽게 해결됐다. 내가 글을 쓰는 모습을 아이가 보고 따라 하며 독서와 숙제를 스스로 한다. 나를 돌보자 아이도 아이 스스로를 돌보고 있다. 돼지엄마를 꿈꾸던 육지 찐따는 제주로 건너와 좋아하는 글쓰기에 빠져 작가를 꿈꾸는 제주 반장이 되었다.

육지 찐따였던 난 눈 쌓인 한라산이 쩌렁쩌렁 울릴 정도로 소리쳐본다.

"오겡끼데스까! 제주 반장 겡끼데스!!"

남편 그 후
50넘은 남편의 이직, 그 후

어느덧 제주살이 2년 차인 남편. 평생직장이라 생각했던 회사를 관두고 새로 이직한 회사를 대하는 남편의 자세가 180도 달라져 있다. 예전 본부장이란 직급으로 회사에 다닐 땐 꼰대가 따로 없었다. 퇴근 시간이란 없었고 야근은 습관이었으며 주말 출근도 불사했다. 그 시대 남편 세대 가장들이 흔히 그렇듯이 남편 역시 집안일엔 무심했고 시댁엔 효자였으며 회사에선 고지식한 상사였다. 그렇게 사랑하고 미워하고 애증했던 회사를 우여곡절 끝에 때려치우고 난 후 그는 회사를 대하는 자세… 아니, 삶을 대하는 자세가 달라졌다. "회사가 아니면 죽음을 달라!"라고 외치며 살 때와는 달리 "회사는 어차피 대표님 거잖아! 난 돈 받은 만큼만 일

할 거야!"라며 가벼운 자유인 자세로 돌변했다. 휴가 한번 쓰지 않고 십몇 년을 살던 사람이 지금은 한 번도 빠짐없이 휴일을 챙겨 먹고, 퇴근하기 위해 출근하고 있으며, 여가 시간엔 회사 일은 전혀 손에 대지 않고 자신만의 취미생활이나 공부를 한다. 안 잘리고 다니는 게 신기한데 목숨 걸고 일하지 않는 지금이 오히려 일의 능률이 더 높은 것 같다. 칼퇴를 위해 출근을 서두르고, 칼퇴를 위해 근무시간에 눈에 불을 켜고, 칼퇴를 위해 대표님에게 더 잘 굽신거리면서 일을 하다 보니 요상한 나비효과로 일의 능률은 더 올라가고 칼퇴 역시 잘 지켜지고 있다. 남편과의 저녁 있는 삶도 일상이 되고 있는데 사실 이게 보통 귀찮은 게 아니다. 끼니때마다 들어오는 남편 얼굴이 빈 밥그릇으로 보인다. 빨리 저 밥그릇에 밥을 넣어줘야 할 것 같은 의무감이 상당히 나를 귀찮게 만들자 눈치 빠른 남편은 갑자기 두 손 걷고 설거지를 하기 시작했다. 안쓰럽고 기특하기도 하다. 뜨신 밥 먹고 살겠다는 의지가 아주 빛을 발하지만, 그의 설거지 행위에는 냄비류는 해당되지 않는다는 큰 단점이 있다.

난 남편이 50이 넘어가면 막연히 안정된 삶을 살고 있을 것이라 생각했다. 남편은 더 높은 직급을 얻고 아이는 남부럽지 않은 사교육을 받고 나는 우아한 와이프가 되어 있을 것이라 생각했다. 그런데 지금 우린 모든 게 반대가 되어있다. 남편의 직급과 연봉은 내려갔고 아이는 사교육은커녕 제주 들판을 뛰어다니고 나는 우아는 개뿔 떡진 머리로 글을 쓰느라 바쁘다. 가진 것도 없다. 애지중지했던 내 집은 팔아치웠고 차 역시 전에 타던 차를 반으로 자른 사이즈의 레이가 내 곁을 지키고 있다. 전에는 지금 같은 삶을 살 것이라곤 꿈조차 꾼 적이 없는데 지금 나는 그 꿈속에 살고 있다. 누군가 보면 "너희 쫄딱 망한 것이니?"라고 물을 수도 있을 듯싶은데 그렇게 보아도 우린 괜찮다. 부귀영화가 가득한 삶만이 꿈같은 삶은 아니다. 나에겐 지금의 삶이 꿈같은 삶이다. 삶은 바이킹 같다. 심장이 멎을 만큼 숨이 막히게 바닥을 향해 내려가는 것 같다가 어느 순간 나도 모르게 상쾌한 공기와 함께 정상에 올라가 있다. 우리의 바닥은 지금이 아니라 가진 게 많다고 생각했던 그 순간이었다.

남편과는 경제적으로 여유가 있을수록 관계가 더 좋지 않았다. 남편의 연봉이 오르고 아이가 조금 크면서 우린 집을 넓혀갔고 차를 키워갔다. 경제적 여유가 있을수록 마음의 여유도 넓어지고 상대방에 대한 감사한 마음이 더 생겨나야 하는 게 당연한 일이건만 우린 그렇지 않았다. 우린 그때 가장 많이 싸웠고 서로를 경멸했고 무시했다. 남편은 일이 많아 모든 일에 예민하게 행동했고 난 아이를 낳고 바닥이 된 자존감이 콤플렉스가 되어 그가 나를 매번 무시한다고 생각했다. 나는 누구를 만나든 남편 얘기를 하면서 하소연을 여기 저기 해댔다. 어제는 말을 걸지 않아서 답답해서 죽을 뻔했고 오늘은 말을 걸어서 울화통이 터져서 죽을뻔했다며 내가 죽기 전에 저 인간을 먼저 하직시켜야 한다면서, 요즘 따라 건강해 보여서 오백 살까지는 혼자 살 것 같다며 분통을 터트렸다. 안정적인 직장과 좋은 집과 좋은 차가 있는데 우린 전혀 행복하지 않았다. 그 시절의 우린 바이킹의 정상에 있는 것처럼 보였을지 몰라도 실상은 끝없는 바닥을 향해 숨을 멈춘 채 내려가고 있었다. 다시 말하지만 가진 게 가장 많아 보이던 그때가 우리에겐 가장 불안정했던 시기였다. 남편과 나의 속은 곪아 들어가고 있었지만, 서로를 돌보지 않고 타인의 눈에 들기 위해 가식적으로 웃고 또 웃었다.

멈출 수 있을 때 멈춰야 한다. 무언가를 이루기 위해 하루를 살아냄이 아닌 하루를 살아냄으로써 무언가를 이룰 수 있어야 한다. 남편은 결과적으론 아무것도 이룬 게 없다. 본부장에서 사장이 된 것도 아니고 오랜 이력을 쌓은 회사는 날려 버렸고 집과 차는 작아졌다. 그렇게 주변인들의 물음표 가득한 표정을 뒤로하고 나와 함께 제주로 내려왔다. 돌이켜보니 그가 내려놓고 온 모든 것에서 그가 진정으로 원했던 건 단하나도 없었다. 남들처럼 그냥 하루하루 살아냈을 뿐이고 그에 따른 보상을 받으며 살아왔을 뿐 삶의 주체자는 남편 본인이 아니었다. 가진 게 없어지자 잘 살아 보일 필요도 없어졌고 그래서 남편과 나는 지금 마음대로 산다. 칼퇴할 수 있는 회사에 감사하며 일에 최선을 다하고 연봉은 오르면 감사하고 안 오르면 다음을 기약한다. 매일 밤 많은 헛소리를 서로 주고받으며 실없이 웃고, 마시고, 흥에 취해 산다. 삶의 여러 감정들을 겪은 후 글을 쓰기 시작한 나를 응원해주며 광고대행사 본부장이었던 경력을 집에서 발휘하며 내게 조언도 아끼지 않는다. 자신에게 주어진 하루하루를 사랑하고 부족한 돈은 로또를 긁으며 1등 당첨금을 어떻게 쓸지 상상의 나래를 펼친다. 사회생활을 해오면서 자신으로 인해 상처받은 사람들에게 사과하고 싶다며 매주 주말엔 절에 찾아가서 108배를 올린다. 순수하게 사과만 해야 하는데 두 손 모아 합장하는 손안엔 로또 종이가 꼬옥 쥐어져 있는 건 어리석은 중생의 욕심이라 모른 척해준다.

살아가고 있다. 잘살려고 하지 않고 이렇게 함께 살아나가고 있다. 삶은 무언가를 해결해야 하는 숙제가 아니기에 오늘도 우린 오늘 먹을 저녁 메뉴를 진지하게 고민하며 이렇게 하루를 살아간다.

문해력

엄마는 책을 읽으마. 너는 알아서 하렴

책 육아가 붐이다. 책 육아, 독서력, 논술력, 토론, 발표 등 요즘 아이들에게 책 읽기는 영어보다도 중요한 필수항목이 되어가고 있다. 어릴 때 하는 사교육이란 아무 필요가 없음을 혹독하게 체험해본 뒤론 모든 사교육을 접었고 아이가 초등학교 2학년일 때 제주로 내려왔다. 제주에서 내 글을 쓰게 되면서 아이 교육에 대한 고민 또한 많이 했다. 사교육이 아닌 내가 해줄 수 있는 무언가를 아이에게 알려주고 싶었다. 난 평생 영어 알레르기가 있고 수학은 일찌감치 수포자의 길을 걸어왔기에 내가 해줄 수 있는 건 책 읽기라고 생각했다. 책 육아가 붐이라는데. 난 시대에 맞는 여자였다.

주변에서 엄마가 책을 읽으면 아이도 따라 읽는다고들 하길래 아이 눈에 띌 때마다 책을 끼고 다녔더니 내 자식은 엄마가 책을 읽으면 그 옆에서 쭈욱 놀기만 했다. 게다가 엄마가 책에 정신 팔려 산다며 책을 오히려 싫어했다. 난 아이 곁에 책이 항상 같이 있었으면 했다. 그건 공부 잘하는 아이가 되길 원해서가 아니었다. 앞으로 긴 시간 해야 하는 학업 기간 동안 학교가 어렵고 힘든 곳이라고 생각하지 않길 바랐다. 앞으로 다양한 과목을 배워가야 하는 아이가 각 과목의 내용을 이해하고, 선생님을 존경할 수 있고, 다양한 친구들과 많은 공감대를 나눌 수 있도록, 아이에게 그런 학교생활을 만들어주고 싶었다. 공감력과 표현력, 학습력을 위해서 가장 밑받침이 되어야 하는 건 역시 글에 대한 이해력이었다.

그동안 전집만 읽어줬던 나는 아이와 함께 도서관을 다니기 시작했다. 인터넷으로 초등그림책 리스트를 뽑아 대여하기 시작했고 권수를 점차 늘려가며 일주일에 평균 30권 정도씩 아이에게 읽어주었다. 아이는 그 어떤 사교육보다 엄마와 책 읽는 시간을 좋아해 주었고 그렇게 웬만한 그림책들을 대부분 읽고 나자 어느 날부턴가 아이 혼자 책을 고르고 읽기 시작했다. 책을 읽기만 하는 게 아쉬워서 아이에게 책 한 권

당 3줄 정도의 독후활동을 권했다. 처음엔 안 하겠다고 버둥대던 아이는 네가 원하는 소원이 어떤 것이든 들어주겠다는 엄마의 반협박성 당근에 넘어와 독후활동을 하게 되었다. 3줄 정도씩 쓰는 독후활동은 아이의 이해력과 표현력에 많은 도움을 주었다.

초2 독후활동

『오늘부터 다시 친구』(나마 벤지만 글그림, 김세실 역, 불광출판사)

질투가 나도 축하해 주고 질투가 난다고 심한 말을 하면 안 돼. '나도 다음부터 더 잘해야지'라고 생각하면 돼.

『미운 오리 새끼』(서이화 글, 이세영 그림, 부카플러스)

오리야, 슬퍼하지 마. 생김새가 달라도 너 옆에 친구가 돼줄 누군가가 있을 거야.

『왜냐면 말이지』(맥 바넷 글, 이자벨 아르스노 그림, 공경희 역, 시공주니어)

나뭇잎 색깔이 변하는 이유는 나뭇잎의 마음과 기쁨 슬픔 행복 등등이 눈물로 기분의 색깔을 표현해서 나뭇잎의 색깔이 변하는 거야.

『다시 좋아질 거야!』(홍찬주 글그림, 북멘토)

오늘 있었던 슬픈 일은 내일은 기억하지 않을 거야. 내일은 운이 좋을 거야!

독후활동 후 학교 과제로 일기를 쓰기 시작하게 되었고 아이는 독후활동으로 길러진 표현력 덕분에 상상력과 표현력이 풍부한 일기를 쓰게 되었다. 표현력이 좋은 아이의 일기를 눈여겨보시던 담임선생님께선 특별히 따로 시키는 문해력 교육이 있냐고 물어봐 주시기도 했다.

초2 일기

중략) 쌩쌩이 50번을 할 땐 조심해야 한다. 내가 너무 가벼워서 우주를 뚫고 날아가 버릴 수도 있다. 날아가다가 길냥이도 만나고, 참새도 만나고, 슬라임 카페도 갔다가 배가 고파지면 구름 위에 앉아서 구름빵을 맛있게 먹을 것이다. 구름빵을 먹고 배가 부른 나는 밑으로 번개처럼 우루룽쾅쾅 떨어져서 집 지붕 위로 쿵 도착한다. 엉덩이가 푹신해서 아래를 보니 우리 집 고양이 요다가 깔려 있었다. 너무나 재미있는 상상이다.

중략) 치킨을 한입 베어 물면 환상의 나라로 오세요~ 롯데월드에서 치킨이 바이킹을 타는 맛이다. 근데 사람들이 치킨이 너무 맛있어 보여서 다 좀비처럼 달려들 것 같다. 치킨 살을 다 먹으면 나처럼 뼈만 남을 것 같다. 치킨이 화나서 남은 뼈로 사람들을 때릴 것 같다. 그 뼈를 맞은 사람들이 닭이 돼서 닭장으로 가고 그 사람들을 튀겨서 다시 다른 사람 입속으로 들어가 나를 먹는 게 얼마나 고통스러운지 알게 되어서 채식주의자가 돼서 돌아올 거다. 그래서 나는 엄마가 채식주의자인 걸 인정한다.

현재 초3이 된 아이는 비교적 짧은 기간 안에 책을 읽는 습관이 잘 들어 독서를 즐기게 되었다. 9시 등교 시간보다 1시간 빨리 등교하여 친구들이 오기 전 가져간 책을 읽은 후 수업에 들어간다. 책을 읽는다고 무조건 공부를 잘하는 건 아니라는 사실을 증명하기라도 하는지, 아이는 영어와 수학은 지독히도 싫어하고 어려워한다. 그러나 아이가 못 따라가는 과목이 있다고 엄마인 내가 먼저 종종거리지 않는다. 아직 한참은 어린 나이인데 당연히 모든 과목을 잘할 수는 없는 것이라 생각하며 마음 편하게 지켜본다. 기다리고 지켜만 봐주어도 자연스럽게 저절로 해결되는 일들은 많다는 걸 시간이 지나면서 깨닫고 있다. 박혜윤 작가의 《부모는 관객이다》에서는 말한다.

> 배움이라는 것은 결국 나만의 것을 만들어내는 행위, 흔한 말로 창의성을 기르는 것과 다르지 않다. 남들과 다르기 위해 남과 경쟁하는 것이 아니라, 스스로 빛나는 '나'가 되어야 한다. 그것은 배움 자체를 즐거워하는 나만의 방식을 알아가는 것이다. 본능적으로 배움을 즐거워하지 않는 인간은 없다.
>
> 박혜윤 《부모는 관객이다》

억지로 집어넣는 건 한계가 있다. 스스로 하는 방법을 알려주고 아이의 속도에 맞춰 기다리고 지켜봐 주는 게 엄마인 내 몫이라 생각된다. 초3이 된 후부터 독서는 이제 아이 혼자 하고 있다. 기특하게 많이 읽을 때도 있지만 한 권도 읽지 않고 며칠을 보낼 때도 있다. 잘 보든 보지 않든 어떤 순간에도 책을 읽어야 한다고 강요하지는 않는다. 이미 아이는 글과 친구가 되었으니 글이 공부가 되어버리지 않도록 더 이상 욕심내지 않기로 한다. 지금 내 옆에는 아이가 만화책을 넘기며 키득거리고 있고 나는 내 글을 쓰고 있다. 각자의 공간에서 글이라는 매개체와 함께하고 있는 우리의 모습이 좋다.

미운 오리 새끼의 반란
내 무리를 찾다

●●●●

"새벽안개 헤치며 달려가는 첫차에 몸을 싣고 꿈도 싣고 내 마음 모두 싣고 떠나갑니다."

방실이님 〈첫차〉의 한 구절이다. 노래방에서 흥에 취해 흔들어대며 불러제꼈던 이 곡은 내 애창곡이자, 육지를 떠나왔던 내 마음을 대변해주는 노래이다. 말 그대로 서울 생활은 점점 짙어지는 새벽안개 속 같았다. 뭔가를 하고 싶은데 짙은 안개 때문에 그게 무엇인지 보이지도, 잡히지도 않았다. 두 손을 뻗어 버둥거려서라도 그 무언가를 잡고 싶었고 그건 나에게 글쓰기였다. 글을 쓰는 직업을 갖고 싶다고, 더 나아가 사실은 작가가 되고 싶다는 말이 쉽게 꺼내지지 않았다. 왠지 그 말을 뱉기가 부끄러웠다. 누군가 콧방귀를 뀌며 "너 따위가?"라고 할 것 같아 두려웠다.

아이를 낳고 키운 곳은 젊은 엄마들의 학구열이 불타오르던 신도시였다. 그 안에서 "엄마도 꿈이 있어요."라는 말은 육아에 전념하는 엄마들의 먹잇감이 되기 딱 좋은 대사였다. 전공도 달랐고 문학적으로 어디서 등단을 한 것도 아닌 내가 할 수 있는 건 사이버대학에서라도 국문과를 공부하거나 SNS에 글을 쓰는 것이었는데 그것마저도 좋게 보거나 희망적으로 보는 사람은 주변에 없었다. 괜히 바쁜 척을 한다며, 여유가 있어서 그런 것도 한다며, 아이는 잘 케어하고 있냐며 질타 섞인 말만 돌아올 뿐이었다. 그곳에서 나는 미운 오리 새끼였다. 오리로 태어났으면 오리로 살아야지 날갯짓을 하려 한다고, 이루어지지도 못할 꿈을 꾸냐며 구박을 받았다.

오리 새끼는 환경을 바꿔야 했다. 날갯짓을 해도 응원 받으며 함께 꿈을 이룰 수 있는 곳으로, 그렇게 첫차 대신 비행기에 몸을 싣고 꿈도 싣고 내 마음 모두 싣고 떠나왔다. 떠나왔다고 뭔가가 당장 이루어질 것이라고 생각진 않았다. 그러나 떠남과 동시에 짙은 안갯속에서 빠져나오는 건 성공

했다. 호시탐탐 부지런히 글을 쓸 수 있는 곳을 찾아다녔다. 제주는 독립서점과 독서 모임이 활동적으로 움직이는 지역이었고 그중에서 나와 맞을만한, 나와 비슷한 오리들이 모인 곳을 찾아 나섰다. '두드려라. 그러면 열릴 것이다'를 반복해 나가던 어느 날, 한 모임에서 눈에 쏙 들어오는 멋진 언니를 만나게 되었고 그 언니님을 통해서 나는 안개가 걷힌 길을 걸어가듯 《엄마의 주례사》를 쓰신 김재용 작가님을 만나게 되었다. 미운 오리 새끼가 드디어 꿈에도 그리던 백조를 만나는 순간이었다. 김재용 작가님은 운명적이게도 우리 집 코앞 같은 동네에 거주하시며 제주에서 글쓰기를 가르치고 계셨다. 오리는 전속력으로 달려 백조의 품 안에 풍당 안겼다. 그동안 목마르게 배우고 싶었던 실전 글쓰기를 삭가님께 배워나갔고 그렇게 짧은 시간 안에 난 투고와 원고작성을 모두 다 마칠 수 있었다.

지금도 여전히 나는 길고 짧은 털이 숭숭 뒤섞여 오리인지 백조인지 알 수 없는 모습을 하고 있다. 그러나 한 가지 확실한 건 미운 오리 새끼에서 멈춰 있지 않고 지금껏 성장하고 있다는 사실이다. 신도시에서 갈 길이 보이지 않았을 때도 꾸준히 책을 읽고 공부를 해왔고 인정받지 못함에 주저앉거나 남을 탓하지 않았다. 할 수 있는 걸 먼저 찾아서 했고 언제든 기회가 올 때를 기다리며 내 안에 배움을 쌓아나갔다. 제주 이주 후 백조를 만났음에도 안도하지 않고 백조에게 부끄럽지 않은 제자가 되기 위해 그동안 쌓아왔던 배움을 모두 쏟아 부으며 최선을 다해서 글을 썼다.

주변에서 어떤 평가를 듣든 난 내가 원하는 것을 하게 될 것이라는 막연한 믿음이 있었다. 안개 속에서 허우적거릴 때도 미운 오리 새끼라 구박을 받을 때도 나에 대한 확신을 가지려 노력했다. 내게 확신이 있지 않았다면 주변 환경에 휩쓸리다 주변인들의 평가에 좌절한 채 "한때는 나도 꿈이 있었지."라는 말만 되뇌며 노래방에서 첫차만 불러제끼고 있었을 것이다. 어떤 사람과 어떤 환경에 있느냐에 따라 내 가치는 극과 극으로 달라질 수 있다. 내가 오리로 태어났든, 백조로 태어났든 나를 제대로 봐주지 않는 무리 속에 있다면 그곳에선 그 무엇도 될 수가 없다. 주변인들과 다름에 내 자존감만 떨어져 갈 뿐이다. 내 곁에 누가 있느냐에 따라 내 하루의 일상도, 기분도 달라진다. 나를 있는 그대로 봐주고, 내 얘기를 귀 기울여 들어주고 나와 같은 관심사를 논할 수 있는 사람들은 분명히 있다. 지금 당장 내 환경을 바꿀 수 없다면 만

나는 사람들부터 과감하게 정리하고 그 빈자리를 내 사람들로 채워나가 보자. 그러다 보면 어느새 내 환경은 전혀 나른 공간으로 바뀌어있을 것이다. 나를 지키기 위한 방법으로《숲속의 자본주의자》의 저자는 말한다.

> 나를 존중해주고 무조건 지지해주는 사람들의 이야기를 철석같이 믿는다. 내가 실제로 칭찬받을 만큼 대단한지 아닌지는 중요하지 않다. 나를 좋아해주는 사람들을 찾아내서 그들의 말을 열심히 듣는 것이다. 나는 지금 이 순간 나를 믿는 대신, 나를 믿어주는 사람을 믿고, 그들에게 나도 그런 사람이 되어주는 쪽을 선택하기로 했다.
>
> 박혜윤,《숲속의 자본주의자》

나는 미운 오리 새끼 시절을 거쳐 그 무언가가 되기 위해 지금도 열심히 발장구를 치고 있다. 훗날 우아한 백조가 되어있을 수도, 사랑스러운 오리가 되어있을 수도 있다. 그 무엇이 되었든 괜찮다. 내 곁에는 나와 함께 힘차게 발장구를 치고 있는 내 사람들이 함께일 테니.

제주에서
그래서 지금 나는

   나는 제대로 할 줄 아는 게 없었다. 학창 시절에 공부를 잘 했던 것도 아니었고 좋은 대학을 가지도 못했고 천운으로 들어갔던 기업 생활도 제대로 해내지 못했다. 좋은 딸도 아니었고 좋은 엄마이자 좋은 아내 역할도 제대로 하지 못했다. 글을 쓰고 있는 지금도 역시 좋은 글을 쓰지도 못한 채 여전히 헤매며 이것도 저것도 제대로 하지 못하고 있다. 블로그를 시작하면서 글에 내 솔직한 감정과 생각을 담아내다가 글로 사람 마음을 헤친다며 욕도 들어봤고 그런 것들을 기록해서 뭐하냐며 무시도 당해봤다. 극 I성향인 나는 말도 잘하지 못해서 누군가 나를 코너로 몰고 가면 진땀을 흘리며 머리가 새하얘진 채 말을 더듬을 뿐이었다. 육아 후 낮아져 버린 자존감과 열등감은 나를 더 외롭게 했고 쌓여만 가는 이 속을 풀 길이 없어 글을 쓰며 마음을 풀어내곤 했다. 그저 그런 삶을 살던 나는 그저 그런 이런 삶이라도 기록으로 남기고 싶었다. 잘나든, 못나든 이게 나이기에 내가 살면서 순간순간 느끼는 감정과 생각들을 기록하고 싶었다. 내가 남긴 기록을 읽고 지나가는 누군가가 공감해주고 위로해 주면 그게 그렇게 힘이 나고 뭐라도 해낼 수 있을 것만 같았다.

어떻게 하면 그 많은 것을 내려놓고 제주로 떠나갈 수 있느냐는 이웃님들의 질문을 많이 받았다. 나는 멋진 구석이 없는데 멋지다고, 대단하다는 말씀들도 많이 해주신다. 또한 덕분에 용기를 얻고 간다며 감사한 인사를 남겨주시기도 한다. 그런 얘기들을 들을 때면 실상 나는 그런 사람이 아닌데, 혹여 스스로 내가 아닌 다른 허상을 만들어낸 건 아닌지 겁이 난다. 내 진짜 모습은 어떤지, 제주에 내려와 글을 쓰며 생각해보았다. 자본주의가 전부라고 생각했던 시절 나는 돈을 쓰고 모으면서 돈에 의해 내 존재를 확인하며 살았다. 치장으로 나를 감싸고 보여주는 삶이 마냥 만족스러웠다. 그때의 내 모습 역시 글로 남아있다. 지금보다 뇌가 많이 맑았다. 고민이라곤 세면대 색깔은 금색으로 할지, 도자기 색으로 할지 정도만 있었을 뿐이었다. 그런 고민을 자랑스레 글로 남겨놓았고 삶의 여러 힘든 고민으로 힘들어하는 주변인들에게 아무 생각 없이 의견을 묻곤 했다. 그때의 내 모습이 기록과 기억으로 선명하게 남아있다. 그때의 맑은 뇌의 소유자도 내 모습이었고 그때의 나를 부끄러워하는 지금의 나 역시 내 모습이다.

변화는 부끄러움을 아는 순간 시작되었던 것 같다. 필요 이상의 물건들을 하나씩 내려놓으며 버릴 수 있는 용기가 많이 필요했다. 남의 시선과 질문들을 의연하게 넘길 수 있는 높은 자존감이 필요했고 생각한 대로 움직일 수 있는 실행력과 도전력도 필요했다. 그리고 무엇보다 나중에 남을 탓하거나 나를 탓하며 후회하지 않을 수 있도록 내가 나를 믿어주는 마음이 가장 많이 필요했다. 지금 내 마음은 예전보다 참 많이 강해졌다. 버리고 비우는 과정을 지나오면서 나는 생각 이상으로 많이 강해졌고 이제야 어른다운 어른이 되어가고 있음을 느끼고 있다. 시간이 더 지난 후 지금의 나를 돌아보면 코웃음을 칠 수도 있지만 더 이상 내 모습이 부끄럽지 않다는 사실만으로도 난 조금 나은 어른이 된 것 같다.

살아가는 건 어쩌면 진짜 나를 찾아가는 끝없는 과정이 아닐까 생각한다. 실수도 하고, 허황된 것을 위해 뛰어보기도 하고, 후회도 하고, 실없는 것에 웃기도 하면서. 어느 누구에게나 삶은 비슷한 하루의 반복일 것이다. 나 역시 비슷한 하루를 반복하며 살고 있지만 더 이상 비슷한 후회는 반복하고 싶지 않다. 얼마 전 지인이 내게 물었다.

"다 버리고 난 뒤 그래서 지금은?"
"지금…이요?"
"응. 다 버리고 거지로 살 수는 없는 거잖아. 그래서 지금은 원하는 걸 얻었어?"

멋쩍게 웃으며 집으로 돌아와 많은 생각을 했다. 나는 지금 원하는 걸 얻었을까. 원하는 걸 얻지 못한 채 그냥 거지 같은 삶을 사는 걸까. 결국 무엇을 얻었는지가 중요한 걸까.

난 원하는 걸 얻지 못했다. 사실 원하는 게 있지 않았다는 말이 더 정확하다. 원하진 않았기에 내게 필요 없는 것들을 버리고 나자 내 삶에 대한 자신감이 가득 채워졌다. 내 삶이 무엇인지 모르고 공허함만 있을 땐 물질적인 것으로 나를 채우려고 애를 썼다. 그러나 물질적인 것들은 아무리 채워도 그 끝이 없었고 내 공허함을 채워주지도 못했다. 오히려 비워내고 바꾸고 변화하자 내가 누군지, 무얼 할 때 행복한지, 내 삶의 방향을 어떻게 이끌어나가야 하는지 알 수 있었다. 자신감이 가득 차올랐다. 끊임없이 허황된 무언가를 원하고 그것만을 바라보며 살아갔다면 여전히 나는 아무것도 얻지 못했을 것이다. 버릴 때 원하는 걸 목적에 두고 버리게 된다면 결국 제자리걸음의 반복일 뿐이다. 비워야 하는 시기를 알고 비울 수 있는 용기를 갖는다면 원하는 게 있지 않아도 버릴 수 있고 그리고 채워나갈 수 있다. 난 용기도 부족한 사람이고 아직도 새로운 일을 시도할 땐 두려움을 먼저 느낀다. 내가 선택해서 살고 있는 삶이 맞는 방향인지 확실한 확신도 없다. 그래도 이젠 우선 하고 본다. 시도조차 하지 않고 고민하고 핑계 대기보단 시도하고 해내 가는 과정의 즐거움을 알게 되었다. 이런 즐거움을 느끼지 못했다면 아마도 책역시 쓸 생각조차 하지 못했을 것이다.

제주라는 지역은 환상이 있다. 여유와 낭만, 미소가 항상 함께하는 곳이라는. 모두 맞는 말이지만 우린 제주로 이주 후 남들이 모두 상상하는 꿈같은 제주 생활을 하고 있진 않다. 여행이 아닌 삶으로 온 제주이기에 어느 지역에서의 삶과 똑같이 여유와 낭만보단 먹고 사는 것이 먼저다. 그럼에도 제주를 선택하고 제주에서의 삶을 살고 있는 건 '조금 덜 먹고 조금 덜 쓰고 조금 덜 바쁘게 살 수 있지 않을까'하는 기대심이 있기 때문이다. 다행히도 내가 생각한 기대심은 잘 맞아떨어졌고 이렇게 조금씩 빼놓은 시간을 모두 모아 나를 채우는 시간으로 글을 쓰며 보내고 있다. 내가 조금 더 단단한 사람이었다면 군이 제주로 이주하지 않고도 마음가짐의 변화만으로도 나를 변화시킬 수 있었겠지만 환경의 변화가 이루어지지 않으면 나는 나를 변화시킬 자신이 없었다. 무리를 해서라도 내 주변을 바꿔야 그 책임감 때문이라도 내 생각과 기준을 바꿀 수 있을 것 같았다. 변화할 수 있음에 감사하고 제주로 올 수 있음에 감사하고 쓸 수 있음에 감사하다. 앞으로 더 많은 걸 털어내며 살아가고 싶다. 털어서 나오는 먼지 한톨 한톨 잘 잡아다가 글감으로 쓰고 싶다. 눈앞에 글감들이 둥둥 떠다닌다. 노트북을 연다. 다시 새로운 글이 시작된다.

그렇게 남들 기준에 맞추며 살지 않아도 돼

초판 1쇄 발행	2024년 8월 5일
초판 1쇄 인쇄	2024년 8월 22일

지은이	유미경

펴낸이	이장우
책임편집	송세아
편집	안소라
디자인	theambitious factory
제작	김소은
관리	김한다 한주연
인쇄	KUMBI PNP

펴낸곳	도서출판 꿈공장플러스
출판등록	제 406-2017-000160호
주소	서울시 성북구 보국문로 16가길 43-20 꿈공장 1층

이메일	ceo@dreambooks.kr
홈페이지	www.dreambooks.kr
인스타그램	@dreambooks.ceo

전화번호	02-6012-2734
팩스	031-624-4527

ISBN	979-11-92134-75-8
정가	16,800원